동유럽 헝가리 동화작가

엘렉 베네데크의 전래 동화집(에스페란토 대역)

황 금 화 살

(La Ora Sago)

엘렉 베네데크(ELEK BENEDEK)지음

헝가리 동화 황금 화살(La ora sago)

인 쇄 : 2021년 11월 5일 초판 1쇄
발 행 : 2021년 1월 15일 초판 3쇄
지은이 : 엘렉 베네데크(ELEK BENEDEK)
에스페란토 번역자 : 헝가리 에스페란토 협회
옮긴이 : 장정렬(Ombro)/감수 : 오태영(Mateno)
표지디자인 : 노혜지
펴낸이 : 오태영(Mateno)
출판사 : 진달래
신고 번호 : 제25100-2020-000085호
신고 일자 : 2020.10.29
주 소 : 서울시 구로구 부일로 985, 101호
전 화 : 02-2688-1561
팩 스 : 0504-200-1561
이메일 : 5morning@naver.com
인쇄소 : TEĉ D & P(마포구)

값 : 12,000원
ISBN : 979-11-91643-24-4(03890)

동유럽 헝가리 동화작가

엘렉 베네데크의 전래 동화집(에스페란토 대역)

황 금 화 살

(La Ora Sago)

엘렉 베네데크(ELEK BENEDEK)지음

장정렬(Ombro)옮김

진달래 출판사

텍스트
ELEK BENEDEK/[HUNGARAJ FABELOJ]
엘렉 베네데크 지음『헝가리 동화』
HUNGARA ESPERANTO-ASOCIO, BUDAPEST, 1979.
헝가리 에스페란토협회, 부다페스트, 1979
(출처:
http://miresperanto.com/por_infanoj/hungaraj_fabeloj/10.
htm)

Enhavo/차 례

추천사 : *항상 성실하고 진실하게 에스페란토를 대하는 옴브로님의 마음과, 쉼 없는 꾸준한 노력*

최향숙(Hela)

우선 『황금 화살(La Ora Sago)』의 출간을 진심으로 축하합니다.

이 책은 동유럽 헝가리 동화를 다룬 작품입니다. 이 작품은 헝가리 동화의 아버지인 엘렉 베네데크가 펴낸 헝가리 전래동화 10개 꼭지를 헝가리에스페란토협회에서 에스페란토로 엮고, 이를 장정렬(Ombro)님이 우리말로 옮겼습니다. 에스페란토라는 연결 언어가 없었다면 우리가 쉽게 저 먼 동유럽 헝가리 동화를 접하지 못했을 겁니다.

우리가 어릴 때 보고 듣던 여느 동화와 마찬가지로, 헝가리 동화도 이 동화를 듣거나 읽는 어린이 독자뿐만 아니라 학부모 독자에게도 인생의 험로를 개척해 나가는 교훈과 지혜를 주는 내용을 담고 있습니다. 그러니 이 헝가리 동화 작품을 읽어나가면, 우리 독자 또한 그 교훈과 지혜의 주머니를 활용할 수 있으리라 생각합니다. 특히 에스페란토 학습을 목적으로 하는 독자도 에스페란토 부분과 한글 부분을 번갈아 보시면 많은 도움이 될 것으로 생각되어 감히 추천합니다.

이 동화 중에 <**황금 방망이**>가 있습니다. 그중 감동적인 문장이 있어, 여기에 소개합니다.

"...할머니는 곁에 앉아, 좋은 음식을 얻어먹고는 자리에서 일어났다. 그러면서 그녀는 더는 할머니가 아니라며, 아주 아름다운 요정으로 변하는 것이 아닌가. 그 요정이 그 왕자에게 말했다.
-당신이 나에게 먹을 것을 준 것으로 기뻐하세요. 만일 그게 없었다면, 이 수건은 더는 당신 것이 될 수 없었을 겁니다. 그런데 당신은 내게 그렇게 착하게 행동했으니, 이 3색 망토도 드릴게요. 이 망토를 흔들기만 하면, 초록 조각이 떨어져 나와 그 자리에 아름다운 정원을 만들어 줄 겁니다. 또 그 정원에서 이 망토를 흔들어 푸른 조각이 떨어져 나오면, 작은 호수가 만들어지고, 또 한 번 이 망토를 흔들면 하얀 조각이 떨어져 나와 큰 궁전이 될 겁니다..."

저는 대학 시절 중 3월 어느 날, '에스페란토 서적 전시회' 를 열고 있던 강의실을 방문해, 이 전시회를 안내하던 부산 에스페란티스토 회원님들과 대학생 장정렬님을 처음 만나게 되었습니다. 그해부터 우리는 에스페란토 학습을 위해 매진했고, 사단법인 한국에스페란토협회 부산경남지부에서 중책을 맡았고, 대학생들이 함께 편집해나간 부산경남지부 격주 발행 소식지 <TERanidO> 편집진의 일원으로 함께 일하기도 했습니다. 그렇게 우리는 40년의 세월 동안 부산에서 국제어 에스페란토의 보급을 위해 함께 활동해 왔습니다. 우리는 같은 목표를 위해 일하는 동지이자 에스페란티스토입니다.

그러면서 각자 자신의 인생 목표대로 열심히 살아왔습니다. 저는 졸업 후 유아 교육에 종사했습니다. 그 뒤 20여 년, 오늘날도, 부산에서 호텔과 일반 상업시설이 포함된 부동산 개발업에 종사해 오고 있습니다. 그리고 현재 (사)한국에스페란토협회 비상임이사로도 활동하고 있습니다.

제가 가까이서 지켜본 역자는 에스페란토 창안자 자멘호프(L.L. Zamenhof) 박사가 에스페란토로 번역한 폴란드 여성 문제작 『마르타(Marta)』(오제슈코바 지음, 산지니출판사, 2015년)를 우리말로 번역 출간한 것은 물론이고, '코로나 19' 라는 특수한 사회 현실 속에서도 번역서를 연이어 발간해내는 등 에스페란토 활동을 더욱 왕성하게 하여 수많은 에스페란티스토에게 큰 귀감되고 있습니다. 이는 항상 성실하고 진실하게 에스페란토를 대하는 옴브로님의 마음과, 쉼 없는 꾸준한 노력의 결과라고 생각하며 그 활동에 깊은 경의를 표합니다. 『황금화살(La Ora Sago)』의 출간을 다시 한번 축하하며, 앞으로도 더욱 많은 번역 활동을 기대하며, 추천의 글을 올려 봅니다.

2021년 10월 26일, 기차 안에서.

40년 동지 **최향숙(Hela)**

-진달래 출판사 간행 역자 번역 목록-

『파드마, 갠지스 강가의 어린 무용수』(Tibor Sekelj 지음, 장정렬 옮김, 진달래 출판사, 2021)

『테무친 대초원의 아들』(Tibor Sekelj 지음, 장정렬 옮김, 진달래 출판사, 2021)

<세계에스페란토협회 선정 '2021년 올해의 아동도서' >

『욤보르와 미키의 모험』(Julian Modest 지음, 장정렬 옮김, 진달래 출판사, 2021년)

『대통령의 방문』(예지 자비에이스키 지음, 장정렬 옮김, 진달래 출판사, 2021년) 아동도서

『국제어 에스페란토』(D-ro Esperanto 지음, 이영구/장정렬 공역, 진달래 출판사, 2021년)

『크로아티아 전쟁체험기』(Spomenka Stimec 지음, 장정렬 옮김, 진달래 출판사, 2021년)

『희생자』(Julio Baghy 지음, 장정렬 옮김, 진달래 출판사, 2021년)

『피어린 땅에서』(Julio Baghy 지음, 장정렬 옮김, 진달래 출판사, 2021년)

『헝가리 동화 황금 화살』(Elek Benedek 지음, 장정렬 옮김, 진달래 출판사, 2021년) 헝가리 동화집

『상징주의 화가 호들러의 삶을 뒤쫓아』(Spomenka Štimec 지음, 장정렬 옮김, 진달래 출판사, 2021년)

『사랑과 죽음의 마지막 다리, 틸라를 찾아서』(Spomenka Štimec 지음, 장정렬 옮김, 진달래 출판사, 2021년)

LA LUPO KAJ LA VULPO

Iam lupo kaj vulpo vivis en granda, profunda amikeco. Kune ili vagadis tra arbaroj kaj kampoj, neniam ili forlasis unu la alian.

Nu, ĉar kune ili vagadis, foje ili kune falis en ĉasfosaĵon.[1] Ili kriis kaj hurlis, sed neniu vivulo preterpasis tie. Pasis tago post tago, nokto post nokto. Ili preskaŭ rabiiĝis pro la malsatego, ĉar neniel ili povis liberiĝi.

Foje la vulpo ekhavis ideon kaj diris al la lupo:

- Mi konsilus ion al vi, amiko lupo!

- Kion, amiko vulpo?

- Tion, ke vi ekstaru sur viaj malantaŭaj piedoj; mi vidu, kiom alta vi estas? Mi supozas - diris la ruza vulpo -, ke vi estas pli alta, ol urso, kaj eĉ pli ol leono.

Al la lupo plaĉis la flataj vortoj, ĝi ekstaris sur siaj du malantaŭaj piedoj, kaj streĉlongigis sin tiel, ke krakis ĉiuj ĝiaj ostoj.

Tiam la vulpo diris al ĝi:

- Hej, lupo, mi havas bonan ideon! Mi eliros el la ĉasfosaĵo, kaj eltiros ankaŭ vin.

- Ne ŝercu, amiko vulpo, ĉar mi trabatos vin - diris la lupo. - Kiel vi povus eliri?

---

1) ĉas-i [타] 사냥하다, 수렵하다 ; fos(aĵ)o 굴, 고랑, 구멍

늑대와 여우

옛날 옛적에 늑대와 여우가 단단하고 깊은 우정으로 살았단다. 그들은 함께 숲으로 들로 돌아다녀도, 한 번도 서로 떨어져 지내본 적이 없었단다. 그래, 늘 함께 돌아다니기에, 한 번은 그 둘이 함께 그만 사람들이 쳐놓은 사냥 구덩이에 빠져 버렸다. 그들은 그 구덩이 안에서 내달려도 고함도 질러 보아도, 아무 생물도 그들 곁을 지나고 있지 않았다. 하루가 지나고 이틀이 지나고 사흘이 되었다. 그 둘은 배가 고프고 고파 거의 미칠 지경이었다. 그들은 어떤 방법을 동원해도 이곳을 빠져나갈 방도가 없었다. 그러던 중 여우에게 생각 하나가 떠올라 늑대에게 말해 보았다.

-내가 늑대 친구에게 한마디만 하고 싶은데!

-무슨 말을 하려고, 친구야?

-네가 뒷다리로 한번 서보렴. 네 키가 얼마인지 내가 한번 보고 싶어. 그런 생각을 해 보았지. 너는 곰보다 더 키가 크고, 사자보다도 훨씬 커 보여.

그렇게 교활한 여우가 말했다. 그 달콤한 말에 늑대가 솔깃해져, 자신의 뒷발 둘로 일어서서, 자신의 모든 뼈가 뚝뚝 소리가 날 정도로 자신의 몸을 뻗었다. 그때 여우가 늑대에게 다시 말을 이어갔다. -에이, 늑대야, 내게 또 다른 좋은 생각이 떠올랐어! 이 구덩이에서 내가 먼저 나가면, 너를 꺼내 줄게. 그러자 늑대가 말했다. -놀리지 말아, 친구 여우야, 너를 한 대 때려주고 싶어, 네가 어찌 이곳을 빠져나갈 수 있어?

- Bone, bone! Nur permesu, ke mi surstaru viajn ŝultrojn.
En ordo, la lupo permesis, ke la vulpo staru sur ĝiajn ŝultrojn.
La vulpo atendis ĝuste tion. Ĝi forpuŝis sin de sur la ŝultroj de la lupo, elsaltis el la ĉasfosaĵo, kaj - ek, rapide! - senvorte forlasis la lupon, kuris al la vilaĝo, kaj ĝi serĉadis tie, ĝis ĝi sukcesis enpenetri anserejon, kaj tie ĝi faris brilan festenon.
Sed tie ĝi repensis pri la lupo. Ĝi prenis anserfemuron,[2] kaj portis tion al la kaptito.
La vulpo iris al la rando de la ĉasfosaĵo, kaj plende, kun malgaja vizaĝo diris al la lupo:
- Hej, amiko lupo, min trafis misŝanco. Mi eniris la vilaĝon, por porti al vi anseron. Sed ĝuste kiam mi estis inter la anseroj, kaj kaptis unu, la mastro aperis, kaj restis inter miaj dentoj nur tiu ĉi femuro. Vidu, amiko lupo, eĉ tion mi portis al vi. Mi estas bona amiko, ĉu ne?
- Jes, bona - diris la lupo -, sed se vi volas fariĝi eĉ pli bona, ŝovu vian voston ĉi tien, kaj eltiru min el la fosaĵo.
- Ho, amiko mia, lupo, mi ne povas tion fari, ĉar mia malforta vosto[3] tute elŝiriĝus.

2) anser-o 거위 ; femur-o 넓적다리 (大腿)
3) vost-o (동물의) 꼬리(尾), 꽁지 ; 꼬리모양의 물건, 후부(後部).

-알아, 알았다구! 내가 네 어깨 위로 올라서는 걸 허락해 주기만 해.
그러자 늑대는 자신의 어깨 위로 여우가 올라서도록 허락했다. 여우는 바로 그 순간을 기다리고 있었다. 여우는 늑대의 어깨 위에서 자신을 힘껏 밀치더니. 그 구덩이를 훌쩍 뛰어 빠져나올 수 있었다. 그리고는, -정말 빨리도! -여우는 늑대를 그런 상태로 놔두고 그 자리를 떠나 마을로 달려갔다. 그러고서 여우는 마을에 있는 오리 우리를 몰래 들어가 그곳에서 맛난 식사의 축제를 즐겼다. 그러던 중 그곳에서 여우는 그 구덩이에 혼자 남겨 둔 늑대가 다시 생각났다. 그래서 여우는 자신이 먹던 오리 다리 한쪽을 집어 들고는 그것을 그 구덩이 안에 아직도 빠져나오지 못한 늑대를 만나러 갔다, 여우는 그 구덩이 가장자리로 다가가, 불평하며, 우울한 표정으로 늑대에게 말했다. -어이, 늑대 친구여, 난 낭패를 당했어. 내가 마을에 들어가서 너를 위해 오리 한 마리를 잡아먹으러 갔거든. 내가 오리를 키우는 우리에 들어가 오리 한 마리를 붙잡은 바로 그 순간, 그 우리를 지키는 주인이 나오는 바람에, 내 이빨 사이에 이 오리 다리 한 개만 남았어. 자 보게, 친구, 이거라도 내가 가져 왔어. 내가 좋은 친구지, 안 그래?
그때 늑대가 말했다. -그래, 좋은 친구지. 하지만 더 좋은 친구가 되려면, 네가 네 꼬리를 이쪽으로 좀 넣어 줘, 그러고 나를 이 구덩이에서 빼내 줘.
-에이, 친구야, 나는 그걸 할 수 없어. 왜냐하면, 그러면 나의 이 힘없는 꼬리는 완전히 찢어져 버릴 거야.

Kaj vi refalus, kaj rompus[4] al vi la kolon. Sed mi alportos branĉon, kaj per ĝi mi eltiros vin.

La vulpo forkuris kaj alportis du branĉojn: unu dikan, kaj unu maldikan. Unue ĝi etendis al la lupo la maldikan, kaj kiam la lupo prenis la branĉeton, la vulpo abrupte ektiris ĝin.

La branĉeto rompiĝis, kaj la lupo brue refalis.

Ĝi hurlis[5] suferplende, kaj la vulpo ekridegis tiel forte, ke la arbaro reeĥis pro tio. Poste ĝi etendis la dikan branĉon, kaj per tiu eltiris la lupon.

Kiam ili ambaŭ estis ekstere, la vulpo diris:

- Venu, amiko, al la vilaĝo. antaŭ kelka tempo, kiam mi estis tie, mi vidis, ke en unu domo estas geedziĝa festeno. Venu, ni ankaŭ amuziĝu iom: ni jam malĝojis sufiĉe.

Ili eniris la vilaĝon, kaj rekte pasis al tiu domo.

La geedziĝa festeno estis en sia kulmino.[6]

La ciganoj verve muzikis, la junuloj kaj junulinoj dancis diligente.

Lupo kaj vulpo ne povus eĉ deziri pli bonan okazon. Ili ambaŭ ŝteliris en la kameron, kaj alfrontis la multan porkviandon, lardon kaj ceteraĵojn. Ili atakis eĉ la vinbarelon.

---

4) romp-i <他> 부수다, 깨뜨리다, 쪼개다; 꺾다; 끊다; 다치다, 삐다; 으스러뜨리다; 기를 죽이다, 세력을 꺾다, 꺾어 누르다; 멈추게 하다

5) hurl-i <自> (개ㆍ이리 등이) 짖다, 포효(咆哮)하다; 노후(怒吼)하다.

6) kulmin-o 최고점, 절정(絶頂), 최고조(最高潮), ; (입체의) 정점(頂點).

그러고 만일 네가 다시 떨어지기라도 한다면, 네 목도 부러질지 몰라. 대신 내가 나뭇가지를 가져올게. 그걸로 너를 꺼내 줄게.

여우는 그 자리를 뛰쳐 가, 나뭇가지 두 개를 가져 왔다. 하나는 여린 가지, 하나는 두툼한 가지. 먼저 여우는 늑대에게 여린 가지를 내밀자, 늑대가 그 여린 가지를 잡았다. 바로 그때 여우가 갑자기 그것을 당겼다. 그 때문에 그 여린 가지가 두 동강이 나고, 늑대는 쿵-하며 다시 구덩이로 떨어졌다. 늑대는 아프다고 고함을 질렀다. 그러자 여우가 아주 심하게 웃는 바람에, 온 숲이 그 웃는 소리를 다시 메아리쳤다. 이번에는 여우가 두꺼운 가지를 내밀고, 이를 통해 늑대를 꺼내 주었다. 그렇게 해서 그 둘은 그 구덩이에서 빠져나오자, 여우가 말했다.

-자, 친구야, 우리가 마을로 가보자. 얼마 전에 내가 그곳에 있었을 때, 어느 집에서 결혼식 축하연이 열리고 있는 걸 보았지. 가서, 우리도 함께 좀 즐기자구. 우리는 이미 충분히 우울해 있으니. 그 둘은 그 마을로 몰래 들어가, 곧장 결혼식이 열린 집으로 향하였다. 결혼식 축하연은 이제 절정에 달하고 있었다. 집시들은 악기를 요란하게 연주했고 청춘 남녀들은 열심히 춤을 추고 있었다. 늑대와 여우에게는 이렇게 좋은 기회를 놓칠 수조차 없을 지경이었다. 그 둘이 곳간으로 몰래 들어가 보니, 돼지고기, 돼지 비곗살(베이컨)이나 여러 음식이 수북이 놓여 있는 것을 발견했다. 그들은 먼저 포도주 통을 열어, 포도주를 마셨다.

Ili manĝis, trinkis kaj dancis. Pli bonan vivon ili ne povus imagi eĉ en la paradizo.[7]

Sed intertempe la vulpo rimarkis, ke iu ŝlosis la pordon de la kamero,[8] dum ili festenis.

Ĝi diris nenion al la lupo, lasis ĝin manĝi kaj trinki, sed ĝi mem serĉis feran najlon, kaj komencis fosi per ĝi ĉe la piedo de la muro. La lupo demandis:

- Kion vi faras, amiko vulpo?

La vulpo respondis:

- Mi flaras, amiko lupo, ke ĉi tie estas enfosita dolĉa kuko. Post ĝi plej bone gustas vino!

La lupo lasis, ke la vulpo plu serĉadu la dolĉan kukon; ĝi mem daŭrigis la trinkadon.

Poste ĝi ekdancis denove, kaj vokis danci ankaŭ la vulpon.

La vulpo multe silentigis ĝin, ke ĝi ne dancu, ne kriu, ĉar la gastoj povos aŭdi tion, kaj ilin ambaŭ trafos neglora[9] sorto, sed la lupo estis nebridebla.

Ĝi dancis, kriis, brue gajis. Kunklakigis la maleolojn[10] kaj manplatojn. ĝi kriegis laŭte: - Hej, mi kore bonhumoras! Sed la ruza vulpo ĉiam forglitis el ĝiaj manoj, kaj fosis plu.

---

7) paradiz-o 에덴의 낙원; 천국, 극락(極樂)(세계), 천당(天堂); 복지(福地), 낙토(樂土).

8) kamer-o 사진기, 암실(暗室), (동.식물 체내의) 굴(窟. 穴)

9) glor-i <他> 찬미하다, 찬송하다, 칭찬[찬양]하다; 영광을 드리다

10) maleol-o <解> 발목.

그 둘은 그 자리서 먹고 마시고 춤도 추었다. 그러니 그 둘은 더 나은 삶이란 없다며, 이런 천국은 상상조차 할 수 없다고 좋아라 했다. 그런데 늑대와 여우가 자기 둘만의 잔치를 벌이고 있었을 때, 누군가 그 곳간의 출입문을 여는 것을 여우가 먼저 알아차렸다.
여우는 늑대에게는 전혀 알려주지도 않고, 먹고 마시는 것을 멈추고는, 우선 자신의 주변에 쇠못이 하나 있는지 찾고 있었다. 그러고는 그것으로 그 곳간의 벽의 아랫부분을 파기 시작했다,
그러자, 그때 늑대가 말했다. -여우야, 뭐 하는 거니?
여우가 대답했다. -나는, 늑대 친구야, 맛난 과자 냄새가 이 땅 밑에서 나는 것 같아. 그러고 저 뒤에 아주 맛있는 포도도 있는 것 같아.
늑대는 여우가 달콤한 과자 찾는 일을 계속 하도록 내버려두고 마시기를 계속했다. 잠시 뒤, 늑대는 다시 춤추기 시작하고, 여우에게 함께 춤추자고 불렀다. 여우는 늑대에게 이젠 춤추지도 소리치지도 말 것을 말하며 아주 조용히 좀 있으라고 했다. 왜냐하면, 손님들이 그 둘이 하는 말을 들을 수도 있다며, 그러면 우리 둘에게 불명예의 운명이 닥칠지도 모른다며, 그러나 늑대는 이미 고삐가 풀린 상황이 되었다. 늑대는 춤추고 소리 지르고 또 요란한 즐거움을 표시했다. 발목과 손바닥을 서로 합쳐 손뼉까지 쳤다. 또 늑대는 고래고래 고함도 질렀다. -에이, 진짜 기분이 아주 좋아졌어!
그러나 교활한 여우는 늑대의 손에서 미끄러져 나와, 구멍 파는 일만 열중했다.

Kiam ĝi finfaris la truon, ankaŭ ĝi komencis danci plensange. ĝi kriadis eĉ pli laŭte, ol la lupo.

Nu, fine ekaŭdis la bruon la gastoj de la festeno. Ili demandis unu la alian:

- Kiu kriegas ekstere?

Unu supozis tiel, alia alie.

Fine ili ĉiuj konsentis, ke tio povas esti nur lupo, hej, mil diabloj! Nu ek, ni dancigu ĝin iom laŭ nia muziko!

Ili armis sin, unu per hakilo,[11] aliaj per fusilo aŭ forko.[12] Ili malfermis la pordon de la kamero.

Kaj jen, tie vere estis lupo, ĝi ankoraŭ dancis kaj hurlis freneze.

Ek! La vulpo forpafis sin tra la truo, ankaŭ la lupo volis sekvi ĝin, sed la truo montriĝis malvasta.

La gastoj batis-draŝis[13] ĝin brue, kiom ili nur povis.

La lupo abrupte retiris sin el la truo, kaj forkuris tra la pordo.

Tiam la vulpo jam estis malproksime de la vilaĝo, kaj dum ĝi iris, iradis, malantaŭ ĝi venis ĉaro, plenplena per fiŝoj.

La vulpo rapide kuŝiĝis meze de la vojo, fermis la okulojn, sternis[14] sin tiel, kvazaŭ ĝi estus mortinta.

---

11) hak-i <他> (도끼로)자르다, 찍다. hakilo 도끼

12) fork-o <食器> 포크 forkego 쇠스랑

13) draŝ-i [타] * (곡물 따위를)도리깨로 두드리다, 탈곡하다.

14) stern-i <他> 깔다,펴다,전개(展開)하다; 뿌리다; 산포(散布)하다,(음식물 따위를)늘어놓다; 눕히다.

여우가 그 구멍을 결국 만들어내자, 여우도 이제 피가 날 정도로 춤추기 시작했다. 여우가 이번에는 늑대보다도 더 큰 소리로 외치기도 했다. 그러자, 마침내 축하연에 온 손님들이 그 요란한 소리를 정말 듣게 되었다. 그들은 서로에게 물었다. -누가 저렇게 밖에서 고함을 꽥꽥 질러 대지?
어떤 사람은 이렇게, 다른 사람은 저렇게 대답했다. 마침내 그들은 동의하기를, 저 일은 필시 늑대들만 할 수 있다는 데 동감했다. 그러고 그들은 말했다. -이 빌어먹을 녀석들이구나! 어서 가보자. 우리가 저 늑대들을 잡아 우리 음악에 맞춰 춤추게 해 보세! 그들은 서둘러 도끼를 준비하는 이가 있는가 하면, 장총을 집어 든 이가 있고, 또는 쇠스랑을 든 이들도 있었다. 그러고는 사람들이 곳간의 출입문을 열었다. 바로 그곳에 늑대가 정말 있었다. 그 늑대는 여전히 춤추고 미친 듯이 고함을 내지르고 있었다. -어서 가서 붙잡자!
그러자 함께 놀던 여우는 자신이 파 놓은 구멍을 통해 쏜살같이 내빼고, 늑대도 그 뒤를 따라가려 했으나, 구멍은 좁아 보였다. 사람들이 늑대를 요란하게 때리고, 또 때렸다. 그러자 늑대는 구멍에서 갑자기 뒤로 물러서서 열린 출입문 쪽으로 내뺐다.
그래서 여우는 마을에서 이미 멀리 가 있었다. 그렇게 여우가 걷고 또 걷고 있는데, 뒤에서 물고기를 가득 실은 마차가 오고 있음을 알아차렸다. 여우는 급히 그 길 중앙에 몸을 눕히고는 두 눈을 감고서, 마치 죽은 듯이 그렇게 나동그라졌다.

La ĉaro atingis ĝis tie, la ĉaristo rimarkis la mortintan vulpon, prenis ĝin kaj ĵetis sur la ĉaron.
La vulpo volis ĝuste tion. Dum la ĉaristo silente marŝis apud la bovoj, ĝi ekmanĝis la fiŝojn.
Ĝi faris grandan festenadon, eĉ kunprenis kelkajn fiŝojn kaj saltis el la ĉaro, kaj ekiris en la mala direkto.
Ĝi iris malpli ol ĵetdistanco, kaj jen, ĝi renkontis la lupon, kiu venis kun tradraŝita dorso.
- Nu, amiko vulpo, aĉe vi trompis min!
- Ĉu plendas ĝuste vi - koleris la vulpo -, ĉu mi ne diris, ke vi ne kriu tiom?
- Jes, vere! - rekonis la lupo.
Ili interpaciĝis, denove fariĝis bonaj amikoj, kaj marŝis plu kune.
Jes ja, sed la lupo rimarkis la multajn fiŝojn ĉe la vulpo, kaj demandis:
- Kie vi kaptis tiujn multajn fiŝojn, amiko vulpo?
- Kie? El akvo, amiko lupo!
- Kaj kiel vi kaptis ilin?
- Kiel? Kompreneble tiel, kiel ordinare oni fiŝkaptas.
- Ho, amiko vulpo, instruu al mi fiŝkaptadon.
- Nu, tio estas facila afero. Iru sur la glacion de la lago. ŝovu[15] vian voston en truon. Kaj kiam la fiŝoj ariĝos sur via vosto, eltiru ĝin.

15) ŝov-i <他>밀다, 떼밀다, 《ŝovi 는 가만히, puŝi는 힘차게 미는 것》

마차가 온몸을 뻗어 있는 여우가 있는 곳에 다다르자, 마부는 죽어 있는 여우를 발견하고 그것을 집어 자신의 마차에 던져 실었다. 여우가 노린 것이 바로 그 점이었다. 마부가 조용히 소들의 옆에서 걸어가고 있는 동안, 여우는 물고기들을 한 마리씩 먹어 치우기 시작했다. 여우가 대단한 향연을 즐기고, 몇 마리를 손에 쥐고서 마차에서 뛰어내려, 그 반대편으로 출발했다. 여우가 사람들이 돌 던지면 맞을 정도의 거리만큼 걸어갔을 때, 그때 사람들에게서 온몸을 세게 두들겨 맞은 채 오고 있는 친구 늑대를 만났다. 그 늑대가 말했다.
-그래, 여우 친구야, 비열하게도 너는 나를 속였네!
여우가 잔뜩 화를 냈다 -네가 어찌 불평하니? 내가 너에게 그만큼 소리 지르지 말라고 했지? -그래, 그 말은 맞아! 늑대가 동의했다. 그 둘은 서로 화해하고, 다시 좋은 친구로 남기를 다짐하고는 길을 계속 걸어갔다. 그랬다. 정말, 하지만 늑대는 여우가 손에 많은 물고기가 있음을 알아차리고는 물었다. -너는 어디서 그 많은 물고기를 잡았니, 친구야?
-어디서냐고? 물에서이지, 친구야!
-그런데 어떻게 그것들을 잡았니?
-어떻게라고? 물론 내가 평소 하던 낚시로 물고기를 잡았지. -오호, 친구야, 내게도 낚시하는 법을 가르쳐 줘!
-그래, 그건 쉬운 일이지. 저 얼음이 언 호수에 한 번 가봐. 그곳에 구멍 하나를 만들어 그 속에 네 꼬리를 담그고 있으면 되지. 그러면, 물고기들이 네 꼬리 주위에 모여들거든. 그때 그 꼬리를 꺼내면 되지.

Ili iris sur la glacion de la lago. Baldaŭ troviĝis ankaŭ truo. La lupo enŝovis la voston. Ĝi sidadis iom, kaj post kelka tempo volis eltiri la voston, ĉar ĝi sentis, ke la vosto peziĝis. Jes ja! Ĝi peziĝis, ĉar la akvo jam komencis glaciiĝi.

- Amiko lupo, ne eltiru ĝin. Atendu, ĝis estos sur ĝi pli da fiŝoj.

Kiam la akvo plene glaciiĝis, la vulpo diris:

- Nu, kara amiko, nun eltiru ĝin.

- Mi eltirus ĝin, amiko, sed mi ne povas.

- Do, bone - diris la vulpo -, certe estas multaj fiŝoj sur ĝi. Nu, amiko, ektiru ĝin per plena forto.

La malfeliĉa lupo laŭte ĝemis,[16] pluve ŝvitis. Tamen ĝi ne sukcesis eltiri la voston.

- Hej, amiko, mil diabloj - diris la vulpo -, okazis malbono. Mi vetus,[17] ke via vosto kunglaciiĝis kun la akvo.

- Ve, ve! - plendkriis la lupo. - Kion mi faru, kion mi faru?!

- Vidu, amiko lupo, mi eble ŝirmaĉos[18] vian voston.

- Tion mi ne permesas - diris la lupo -, prefere mi mortos.

---

16) ĝem-i <自> 신음(呻吟)하다, 한숨쉬다, 탄식(歎息)하다

17) vet-i <自> 내기하다, (돈 · 운명 등을) 걸다 ; (어떤 일을) 주장하다 ; 노름하다

18) ŝir-i <他> 찢다, 째다, 잡아뜯다; 할퀴다; 꺽다; 잡아채다, 벗기다; 벗겨지게하다; 몹시 아프게 하다. maĉ-i <他》씹다.

그래서 그 둘은 꽁꽁 언 호수로 갔다. 곧장 구멍도 만들었다. 그러고는 늑대가 자신의 꼬리를 밀어 넣었다. 그렇게 하고는 늑대는 기다렸다. 그리고 좀 시간이 지나 늑대는 자신의 꼬리를 꺼내려고 했다. 그런데 그 꼬리가 묵직함을 느꼈을 때, 늑대는 그 꼬리를 꺼내 보려고 했다. 그래 정말! 그 꼬리는 무거웠다. 왜냐하면, 그렇게 자신의 꼬리를 담근 물이 어느새 그 꼬리를 얼려버렸기 때문이다. -늑대 친구야, 그걸 꺼내지 말고, 더 기다려. 더 많은 물고기가 모여들 때까지.
그래서 그 물이 완전히 꼬리를 얼게 해 버린 시점에야 여우가 말했다. -그래, 사랑하는 친구여, 이젠 그 꼬리를 꺼내 봐. -내가 그걸 꺼낼 수 있으면 좋겠어, 친구, 그런데 난 그럴 수 없어. -그건 잘 되었어 - 여우가 말했다. -분명 그 꼬리에는 수많은 물고기가 달려 있겠네. 자, 친구, 시작, 온 힘을 다해 그걸 꺼내 보라구! 그 불행한 늑대는 크게 신음하고는, 나중에는 비가 오듯 온몸이 땀에 젖었다. 그래도 늑대는 자신의 꼬리를 꺼내지 못했다. -에에, 친구야, 안타깝구나! 여우가 말했다. -뭔가 나쁜 일이 생겼어. 난 네 꼬리가 얼어버린 것에 내기를 건다면 걸게.
-그러면 안 되지. 안 된다고!
늑대는 하소연으로 울먹였다.
-어쩌면 좋아, 어떡하지?!
-이리 와 봐, 친구야, 내가 네 꼬리를 물어서 찢어놓을게.
-그걸 나는 허락하지 못해. 늑대가 말했다.
-죽는 편이 더 낫겠어."

- Bone, amiko, sed alie mi ne povos helpi vin. Adiaŭ.
Apenaŭ la vulpo foriris, venis al la lago virinoj kun vestaĵoj, por lavi ilin en la truo. Jam de malproksime ili rimarkis la lupon, kaj komencis kriadi, atendante, ke ĝi forkuros. Sed la lupo ne forkuris. Ili alproksimiĝis, kaj vidis, ke la lupo alglaciiĝis.
Tiam la virinoj kuraĝiĝis. Ili iris al la lupo, batis kaj draŝis ĝin per lavbatiloj kaj seĝpiedoj.
Tion la lupo ne povis elteni. ĝi kolektis ĉiujn siajn fortojn, ĝia vosto ŝiriĝis, kaj - ek! - ĝi vente forkuregis.
Tiam la vulpo jam estis tre malproksime, ĝi iris, iradis, kaj trovis fosaĵon. La fosaĵo estis plena per lignopistaĵo:[19] la vulpo kuŝiĝis en ĝi, turnis sin en la pistaĵo tiel, ke ĝi kvazaŭ kovris ĝian felon. ĝi sternis sin, kvazaŭ ĝi estus trabatita.
La lupo preterpasis ĝuste tie, ĝi ekvidis la vulpon kaj demandis:
- Kio okazis al vi, amiko vulpo?
- Ho, lasu la demandon, amiko, ĉu vi ne vidas, ke ĉiuj miaj ostoj estas disbatitaj, ili eĉ trapikis mian felon?
- Nu - diris malgaje la lupo -, mi lasis mian voston en la truo.
La vulpo plende ĝemadis: - Ho, ve, miaj ostoj, ili estas disbatitaj!

19) lign-o 나무, 재목, 목재 pist-i <他> 빻다, 가루를 만들다, 찧다

-어쩔 수 없어, 친구, 이젠 너를 도와줄 수도 없어. 안녕.
여우가 혼자 달아나자마자, 그 호수로 빨래하러 여인들이 나타났다. 저 멀리서 그들은 늑대를 발견하고는, 그 늑대가 달아나도록 고함을 지르기 시작했다. 그러나 늑대는 달아나지 못했다. 그래서 여인들이 다가가서 보니, 그 늑대가 얼음과 하나가 되어 붙어 있음을 알게 되었다. 그때 여인들은 용기가 생겨, 늑대에게 다가가, 각자 들고 있는 빨랫방망이와 의자 다리로 늑대를 때리고 또 때렸다. 그걸 늑대는 참을 수 없었다.
그는 자신의 온 힘을 모았고, 꼬리가 찢어졌고, 그리고 마침내- 이제!- 늑대는 바람처럼 내뺄 수 있었다.
그때 여우는 아주 멀리서 걷고 또 걸어, 어느 구덩이를 발견했다. 그 구덩이는 목재를 빻아놓은 것으로 가득 찼다. 그래서 여우는 그 안에 몸을 숨기고는, 그 빻아놓은 곳 안에서 몸을 돌려 자신의 온몸의 털가죽이 그 빻은 가루로 뒤덮이게 했다. 그것은 마치 자신이 뭔가로 얻어맞은 것처럼 자신의 사지를 늘여 뜨렸다. 늑대가 마침 그곳을 지나다가, 여우를 알아보고는 물었다.
-네게 무슨 일이 있었니, 여우 친구야?
-오, 내가 먼저 물어볼게. 친구야, 너는 모든 내 뼈가 이렇게 얻어맞은 모습을 보지 못하겠니? 그러고 그 뼈가 내 털도 찌를 정도라는 걸?
그러자 슬픈 표정으로 늑대가 말했다.
-그렇구나. 나는 그 구멍에 내 꼬리를 놔두고 왔어.
여우도 자신의 처지를 불평하며 한숨지었다.
-내 몸의 뼈도 이렇게 여기저기 다 얻어맞았어!

La stulta lupo ekkompatis ĝin:

- Ne veadu,[20] amiko vulpo - ĝi diris -, ni iru al la arbaro, tie ni kaŝos nin kaj saniĝos.

Sed la vulpo plu ĝemis kaj veadis:

- Ho ve, amiko, mi irus volonte, sed mi ne kapablas.

- Bone, bone, mi helpos vin.

- Sed mi ne povas eĉ stariĝi.

- Nu, se vi ne povas, mi portos vin.

Kaj ĝi levis la vulpon kaj pene[21] portis gin.

Dum la lupo pene portis ĝin, la vulpo silente ripetadis:

- Batito portas nebatiton, batito portas nebatiton.

La lupo turnis la kapon, kaj demandis:

- Kion vi murmuras, amiko vulpo?

- Mi diris, ke batiton portas nebatito, batiton portas nebatito.

Nu, pensis la lupo, certe trompis[22] min la oreloj, kaj mi misaŭdis. Sed apenaŭ ĝi rekomencis la iradon, la vulpo denove ekripetadis: - Batito portas nebatiton, batito portas nebatiton.

La lupo denove returnis la kapon, kaj demandis:

- Kion vi murmuradas,[23] amiko vulpo?

---

20) ve! <感> 아이(고)! (탄식성)《비애 · 비통 · 고민 · 괴로움· 불행을 표시함》; 아아 슬프도다, 가엽도다.

21) pen-i <自> 노력하다, 애쓰다, 진력(盡力)하다.

22) tromp-i <他> 속이다, 속게하다, 기만(欺瞞)하다, 기편(欺騙)하다.

23) murmur-i <自> (물결 · 잎 등이) 살랑거리다, (벌 등이) 웅웅거리다, 가는 목소리로 말하다; 중얼거리다, 투덜거리다.

멍청한 늑대는 그런 여우를 위로했다:
-더는 괴로워 하지 말아, 친구야,
그렇게 늑대가 말하였다.
-우리가 숲으로 가서 그곳에 몸을 숨기면 우리 몸도 좀 나아질 거야.
그러나 여우는 계속 신음했고, 한숨도 연거푸 했다. -오, 안타깝게도, 친구야, 나도 기꺼이 가고 싶지만, 갈 수 없어.
-좋아, 좋아, 내가 도와줄게.
-하지만 난 일어설 수조차 없어.
-그래? 만일 그렇다면 내가 업고 갈게.
그래서 늑대는 여우를 일으켜 세워, 힘들여 업고 갔다. 늑대가 여우를 힘들여 업고 갈 때, 여우가 조용히 되풀이해 말했다.
-얻어맞은 이가 성한 이를 데려가네. 얻어맞은 이가 성한 이를 데려가네. 늑대가 고개를 돌려 물어보았다.
-친구야, 네가 무슨 말을 하니?
-성한 이가 얻어맞은 이를 데려가네. 성한 이가 맞은 이를 데려가네. 그새 여우는 그 문장을 다르게 말했다.
그래, 늑대가 생각하기를, 분명히 내 귀가 나를 속였어, 내가 잘못 들은 것이겠지. 그러나 그렇게 계속 늑대가 걸어가기 시작하자마자, 여우가 다시 연거푸 말했다.
-얻어맞은 이가 성한 이를 데려가네. 맞은 이가 성한 이를 데려가네.
늑대가 다시 고개를 뒤로 돌려 물어보았다.
-여우 친구야, 무슨 말을 중얼거리니?

- Mi nur ripetadas en mi, amiko lupo, ke batiton portas nebatito, batiton portas nebatito.
- Ej ho, aĉa kaĉo[24] - kriegis la lupo -, ĉion mi aŭdis bone, denove vi trompis min!
- Kaj tuj ĝi forpuŝis de sur sia dorso la vulpon, ke tiu brue falis sur la teron. - Estu via amiko la diablo, sed mi ne plu estos.
Per tio finiĝis la granda amikeco.
Ili laŭte kverelis,[25] poste unu iris dekstren, la alia maldekstren.
Depost tiam oni sentencas en la hungara lingvo: li misuzis, kiel vulpo amikecon.

---

24) kaĉ-o 죽(粥), 빵죽; 죽같은 물건; 난국(難局).
25) kverel-i <自> 논쟁(論爭)하다, 언쟁하다, 다툼하다, 말로 싸우다.

-성한 이가 얻어맞은 이를 데려가네. 성한 이가 얻어맞은 이를 데려가네 라는 말만 하고 있지. -에이, 이 더러운 죽 같으니라고. -늑대가 크게 고함쳤다.
-내가 다 들었어. 다시 넌 나를 속이는구나!
그래서 늑대는 자신의 등에서 여우를 밀쳐버렸다. 그랬더니 여우는 땅바닥으로 큰 소리를 내며 내동댕이쳐졌다.
-악마나 네 친구가 되겠어. 난 이젠 더는 네 친구 아냐. 이걸로 그 단단한 우정은 끝났다.
그들은 크게 싸우고는, 나중에 각자, 늑대는 오른쪽으로, 여우는 왼쪽으로 갔다.
그때부터 헝가리말에서는 이런 말이 생겨났다. **'그 사람이, 여우가 우정을 나쁘게 이용하듯이 그리 잘못 이용했네'** 라고.

JOĈJO LA ĈIOSCIA

Ĉu estis, ĉu ne estis, trans la Fabeloceano vivis iam malriĉulo kun siaj tri filoj. Li estis tiel malriĉa, kiel muso preĝeja; eĉ sekan panon ili manĝis nur malofte. Iun matenon la malriĉulo demandis la plej aĝan filon:

- Nu, kara mia filo, kion vi sonĝis nokte?

- Hej, patro kara, mi sonĝis, ke mi sidis ĉe tablo, plena de ĉio bona, kaj tiel mi satmanĝis, ke eĉ la reĝo enviis min. Mia ventro ŝvelis[26] pro la multa manĝo, poste mi komencis ĝin bati kiel tamburon, kaj tiel forte ĝi sonis, ke ĉiuj paseroj[27] en la vilaĝo disflugis.

- Nu, filo - diris la malriĉulo -, se tiel vi satmanĝis, hodiaŭ vi ne bezonos panon. Cetere vane vi bezonus, ĉar mi ne havas ĝin.

Li demandis la mezan filon:

- Kaj vi, filo, kion vi sonĝis nokte?

- Mi sonĝis, kara patro, ke mi aĉetis en la foiro botojn kun spronoj,[28] tiajn, ke, kiam mi kunfrapis la maleolojn, la tintado de la spronoj aŭdiĝis eĉ trans sepdek sep landoj.

---

26) ŝvel-i <自> 부풀다, 팽창(膨脹)하다, 커지다; 부어오르다; (돛 따위가 바람에) 불룩해 지다;(힘. 수량 다위가)늘다;(냇물 따위가) 붇다; (소리가) 높아지다; (감정이)가슴에 솟아오르다.

27) paser-o <鳥> 참새.

28) spron-o 박차(拍車); 자극, 격려; <植> 삐져나온 뿌리, 작은 가지

뭐든 잘 아는 요쵸

그런 일이 있었든지, 없었든지 간에 저 동화의 대양 너머 아들 셋을 키우는 가난한 사람이 살았단다. 그런데 그는 교회 생쥐처럼 그렇게 가난했단다. 그 집에서는 마른 빵도 겨우 간혹 먹을 수 있었단다. 어느 날 아침, 가난한 아버지가 맏아들에게 물었다.
-그래, 사랑하는 내 아들아, 너는 간밤에 무슨 꿈을 꾸었니?
-아, 네, 아버지, 저는 온갖 좋은 것이 잘 차려진 식탁에 앉아 배가 터지도록 먹어, 왕도 나를 부러워할 지경이었어요. 하도 많이 먹어 배가 산처럼 부풀어 올라, 나중에 제가 그걸 북처럼 때리기 시작하니 그 소리가 그렇게 세니, 우리 마을의 모든 참새가 다 날아가 버리더군요.
그랬더니, 그 가난한 아버지가 말했다.
-그랬구나, 내 아들아. 만일 그리 배불리 먹었다면, 오늘은 너는 빵이 필요 없겠구나. 더구나 네가 그 빵 필요하지도 않고, 내가 그 빵 갖고 있지도 않으니.
그러고는 그는 둘째 아들에게 물었다:
-그래, 둘째야, 너는 간밤에 무슨 꿈을 꾸었니?
-예. 저는요, 아버지, 시장에서 쇠침이 달린 구두 한 켤레를 샀거든요. 그래서 제가 구두를 신고는, 제 발을 서로 맞부딪혔더니, 쇠침들이 철컥철컥-하는 소리가 저 멀리 일흔일곱 나라까지 들릴 정도였어요.

- Nu, tio ĝojigas min - diris la malriĉulo-, almenaŭ mi ne devos aĉeti botojn por vi.

Li demandis ankaŭ la plej junan filon, Joĉjon:

- Kaj vi, filo mia, Joĉjo, kion vi sonĝis nokte?

Joĉjo respondis:

- Ankaŭ mi sonĝis ion, patro, sed al neniu en la mondo mi rakontos tion.

- Al neniu vi diros, krom al mi - ekkriis la malriĉulo.

Sed vane li demandadis, minacis[29] Joĉjon, vane li batis, puŝis lin, tiu eĉ unu vorton ne diris el sia sonĝo.

Kiam li ne plu povis elteni la batojn de la patro, li elpafis[30] sin el la domo, kuris laŭ la strato al la kampoj, poste en la arbaron, kaj ĉiam lin sekvis la patro kun dika bastono.

Tiel kurante abrupte ili ekvidis la reĝon, kiu venis el la kontraŭa direkto per sesĉevala kaleŝo,[31] kun granda eskorto.

Rimarkinte ilin, la reĝo demandis la malriĉulon.

- He, homo, kial vi pelas[32] tiun knabon?

- Mi pelas lin - diris la malriĉulo-, ja li ne volas rakonti, kion li sonĝis nokte.

---

29) minac-i <他> 위협(威脅)하다, 협박(狹薄)하다.
30) paf-i <他> (총,화살 등을) 쏘다, 발사(發射)하다, 사격하다; 연발하다 (질문 등을).
31) kaleŝ-o (옛날의 유개(有蓋)마차.
32) pel-i <他> 쫓다, 추격하다, 쫓아몰다, 쫓아버리다, 재촉하다, 몰다.

가난한 아버지가 말했다.
-그래, 그 말 들으니 나도 기쁘네. 적어도 내가 너를 위해 구두를 사지 않아도 되겠군.
그러고는 그는 막내인 요쵸에게 물었다
-그래, 애야, 요쵸야, 넌 간밤에 무슨 꿈을 꾸었니?
요쵸가 대답했다.
-저도 뭔가 꿈을 꾸었지만, 아버지, 그걸 이 세상 아무에게도 말해 줄 수 없어요.
그래도 가난한 아버지는 다그쳤다.
-그래, 아무에게도 말하지 말게, 하지만 내겐 말해 보게. 그러나 그가 요쵸를 아무리 묻고, 아무리 다그쳐, 심지어 때리기도 하고 밀쳐도 보았지만, 그 막내는 자신의 꿈에 대해서는 한 마디도 발설하지 않았다. 요쵸는 다그치시는 아버지의 매질을 견디다 못해 집을 나와, 도로를 따라 들판으로 갔다. 그가 숲으로 가서 숨어버리려고 했으나, 그의 뒤에는 여전히 그의 아버지가 큰 몽둥이를 들고 따라오며 괴롭혔다. 그렇게 그 두 사람이 서로 내달렸다. 그런데 그 둘의 맞은편에서 갑자기 6필의 말이 끄는 무개 마차에 탄 채, 대단한 호위를 받으며 오고 계시는 그 나라의 대왕을 뵙게 되었다. 그렇게 뛰박질하는 그 아버지와 아들을 본 왕은 그 가난한 아버지를 불러 세워 물었다.
-어이, 여보시오. 왜 저 소년을 뒤쫓고 있소?
-제가 저 아들 녀석을 쫓고 있는 것은요, -가난한 사람이 말했다. -저 녀석이 지난밤 꿈꾼 것을 이야기해주지 않으려 하니 그리 합니다.

- Bone - diris la reĝo-, lasu tiun knabon, donu lin al mi por servado, kaj al mi certe li rakontos sian sonĝbn.

La malriĉulo volonte konsentis, ĉar la reĝo donis al li saketon da mono.

Li hejmeniris, kaj ankaŭ la reĝo daŭrigis sian vojaĝon.

Alveninte en la palaco,[33] la reĝo tuj kaptis Joĉjon, kaj diris al li:

- Nu, Joĉjo, mi volas aŭdi, kion vi sonĝis.

- Reĝa moŝto - diris Joĉjo - miaj vivo kaj morto estas en viaj manoj, sed mi povas rakonti mian sonĝon al neniu en la mondo.

Minacis lin la reĝo ĉiamaniere, per pendigo, per radumo,[34] li promesis ligi lin al la vosto de ĉevalo, sed vane: Joĉjo ne rakontis sian sonĝon.

La reĝo forte ekkoleris kaj diris:

- Nu, Joĉjo, mi ne ordonos pendigi vin, nek radumi, nek ligi vin al la vosto de ĉevalo, mi elpensis por vi pli teruran morton.

Li alvokis du soldatojn, kaj ordonis al ili porti Joĉjon en la plej altan turon de la palaco, masoni la pordon kaj fenestron de la turo, ke tie mortu la obstina junulo pro malsato.

---

33) palac-o 궁전(宮殿); 광장한 저택.

34) rad-o <機> 바퀴(輪), 차바퀴, 치륜(齒輪). radakso 차축(車軸). radumi <他> 형차(形車)로 갈아[찢어] 죽이다.

그 왕이 말했다.
-그렇구나. 저 소년을 그만 용서해 주게. 대신 저 아이를 나에게 보내 나를 위해 일하도록 해주게. 그러면 나에겐 자기 꿈을 이야기해 줄 걸세.
가난한 사람은 기꺼이 왕의 말에 동의했다.
왜냐하면, 왕이 그에게 한 꾸러미의 돈을 주었기 때문이다. 그 아버지는 집으로 돌아왔고, 왕도 자신의 여행을 계속했다. 자신의 궁전으로 돌아온 그 왕은 곧장 요쵸를 불러들였다. 그리고는 그에게 물었다.
-저기, 요쵸야, 네가 꿈꾼 바를 나는 듣고 싶구나.
요쵸가 대답했다.
-폐하, 제 삶과 죽음이 폐하의 손안에 있습니다만, 저는 이 세상 아무에게도 제 꿈 이야기를 하지 않겠습니다.
왕이 참수형에 처하겠다거나, 바퀴에 깔려 죽게 하겠다거나, 말의 꼬리에 그를 매달겠다거나 하며 온갖 방법으로 그를 위협해도 아무 소용이 없었다.
그래도 요쵸는 자신의 꿈을 발설하지 않았다.
왕은 심하게 화를 내고는 이렇게 말했다.
-네 이놈, 요쵸야. 나는 너를 목매달지도 않을 것이고, 바퀴에 깔려 죽게도 하지 않을 것이고, 말의 꼬리에 너를 매달지도 않을 것이다. 대신, 나는 너를 위해 더욱 공포의 죽음을 생각해 냈지.
그는 군인 두 명을 불러, 요쵸를 궁전에서 가장 높은 탑에 가두고, 그 출입문과 그 탑의 창문에 벽돌을 쌓으라고 하고 명령을 내렸다. 그곳에서 그 고집 센 청년이 배고파 죽도록 만들라는 명령이었다.

La soldatoj prenis Joĉjon, sed ĝuste en tiu momento enpaŝis la reĝidino, kaj ekvidinte Joĉjon, ŝi ne povis forturni la rigardon; kaj eksciinte, kion oni volas fari al li, tuj ŝi decidis kiel ajn savi tiun bravan, belan junulon.

Kiam la masonistoj[35] masonis la pordon, al unu el ili ŝi donis plenmanon da oro, por ke unu ŝtonon li lasu elmovebla.

La masonisto faris laŭ la deziro de la reĝidino, kaj Joĉjo mortis nek pro malsato, nek pro soifo, ĉar la reĝidino ĉiutage portis al li abunde manĝaĵojn kaj trinkaĵojn, kiam neniu vidis ŝin.

Pasis la tempo, kaj foje la reĝo de la hundokapaj tataroj sendis sep blankajn ĉevalojn al la kortego de la reĝo, tiel similajn, kiel sep ovoj:[36] tute ne eblis trovi diferencon[37] inter ili.

La reĝo de la hundokapaj tataroj mesaĝis, ke inter la ĉevaloj estas vice po unujara aĝdiferenco, kaj se la reĝo aŭ iu el liaj servistoj ne divenos, kiu el la sep ĉevaloj estas la plej juna, kiu la dua, tria, kvara, kvina, sesa, sepa: li ekiros kun siaj soldatoj, detruos la landon, indulgos neniun, eĉ ne la reĝon, nur la reĝidinon. ŝin li prenos kiel edzinon.

---

35) mason-i <他> 돌 또는 벽돌로 짓다[쌓다] =fortikigi. masonisto 벽돌장이, 석공(石工).

36) ov-o 달걀; 알(卵)

37) diferenc-i [자] 다르다, 같지 않다. * 차이, 격차, 상이함.

그 군인들이 요쵸를 데려갔는데, 바로 그 순간, 공주가 그쪽으로 걸어가고 있었다. 그녀가 요쵸를 보자, 그에게서 시선을 뗄 수 없었다. 그리고, 군인들이 그에게 하고자 하는 바를 알게 되자, 그녀는 이 용감하고 참하게 생긴 청년을 어떤 식으로든 구해 보려고 결심했다.
그렇게 벽돌공들이 그 출입문과 탑의 창문에 벽돌을 쌓자, 벽돌공 중 한 사람에게 황금 한 줌을 집어주었다.
그래서 그 벽돌 중 한 개는 움직일 수 있게 해 달라고 했다. 벽돌공은 공주가 원하는 대로 해드렸고, 요쵸는 그래서 배고파 죽지도 않았고, 목말라 죽지도 않았다.
왜냐하면, 공주가 매일 그에게 충분한 먹거리와 마실거리를 다른 사람이 보지 않을 때 가져다주었다.
그렇게 시간이 흘러가고 있었다.
한번은 개의 머리를 가진 타타르족의 왕이 일곱 필의 백마를 그 왕의 궁전으로 보내왔다. 그게 마치 달걀 일곱 개처럼 비슷해, 그것들을 구별하기가 정말 어려운 상황이 되었다.
그 개의 머리를 한 타타르족의 왕이 그 말들을 보내면서 메시지 또한 보냈다. 이 7필의 말이 각각 1년 정도로 나이 차이가 있다며, 만일 이 나라 왕이나 왕의 하인 중 아무도 그 7마리의 말을 나이가 어린 순으로 첫째, 둘째, 셋째, 넷째, 다섯째, 여섯째, 일곱째를 구분해내지 못하면, 그가 직접 군대를 이끌고 그 나라를 부숴놓을 것이며, 타타르족의 왕은 물론이고 누구도 -다만, 공주 한 사람만 빼놓고 -가만히 내버려 두지 않으리라고 위협했다.

La reĝo kunvokis la konsilistojn,[38] ili intertraktadis tage-nokte, poste kunvokis ĉiujn saĝajn homojn de la lando, sed ili trovis neniun, kiu povus diferencigi la ĉevalojn unu de la alia.

Hej, la tuta lando dronis en malĝojo!

Malĝojis ankaŭ la reĝidino, ja kian utilon ŝi havos el tio, ke oni lasos ŝin viva, se la reĝo de la hundokapaj tataroj prenos ŝin kun si!

Vespere, kiam ŝi portis manĝaĵon al Joĉjo, plendplorante ŝi rakontis, kio okazis.

- Ha, pro tio ne ploru, reĝidina moŝto - diris Joĉjo -, ja estas facile trovi diferencon inter la ĉevaloj. Diru al via patro, ke li metigu en la korton sep trogojn[39] da aveno,[40] en ĉiu produkton de alia jaro, kaj vi vidos, ke la plej juna ĉevalo manĝos la ĉijaran avenon, kaj la ceteraj faros same, konforme al sia aĝo.

La reĝidino kun granda ĝojo sciigis al la patro, kion oni devus fari.

- Kiu diris al vi tion? - demandis la reĝo.

- Mi vidis tion en sonĝo - ŝi respondis, ĉar ŝi ne volis malkaŝi, ke Joĉjo vivas ankoraŭ.

---

38) konsil-i <他> 상의하다, 의논하다, 협의하다, 권고하다, 충고하다, 건의하다, 진언(眞言)하다. konsilo 권고, 방책(方策), 충고, 조언(助言). konsilanto, konsilano, konsilisto 고문(顧問), 참의원, 평의원, 참사.

39) trog-o 여물통, 구유;<鑛山>광석을 씻는 홈통;<印> 정판용세척(整版用洗滌)통;통;저수(貯水)탱크;전조(電槽);(미장이의)반죽그릇.

40) aven-o 귀리, 연맥(燕麥).

그 타타르족 왕은 공주를 자기 아내로 삼고 싶어 했다. 그러자 요쵸가 사는 곳의 왕은 모든 궁정 사람을 모아, 낮과 밤으로 의논하고 또 의논했고, 나중에는 이 나라의 모든 현인을 다 소집해도 그 일곱 필의 말을 나이순으로 구분해 낼 수 없었다. 그러자, 온 나라가 슬픔에 빠져 버렸다!

공주도 슬픔에 빠졌다. 만일 그리되면, 그 타타르족의 왕은 모든 사람을 죽이고, 그 공주만 산 채로 잡아가겠다면. 그게 그 공주에게 무슨 의미가 있겠는가? 그런 고민 속에 있던 어느 날 저녁, 그녀가 먹거리를 요쵸에게 가져다주면서 지금까지 벌어진 일을 울면서 하소연하듯이 말해 주었다. 그러자, 요쵸가 그 하소연을 듣고는 이렇게 대답했다.

-아하, 그 일이라면 울지 마세요, 공주님, 그 나이 차 구분은 아주 쉽지요. 왕께 말씀드리세요. 7개의 귀리 여물통을 왕궁으로 가져와 달라고요, 그곳에 여물을 자란 기간이 다른 것으로 담아 두세요.

가장 어린 말이 가장 신선한 올해의 귀리를 먹을 것이고, 다른 말들도 자기 나이에 맞게 똑같이 하는 것을 공주님은 볼 겁니다.

대단히 기쁜 마음으로 그 공주는 왕께 뭘 어찌해야 할지 말씀드렸다. 그 왕이 물었다. -그래 그 말을 너에게 한 이가 누군가?

그 공주가 대답했다. -저는 그걸 꿈에서 보았답니다. 왜냐하면 그녀는 요쵸가 아직 살아있음을 발설하고 싶지 않았기 때문이었다.

Bone, ili agis laŭ la konsilo de la reĝidino, kaj kiam la sep ĉevaloj ekmanĝis la avenon el la sep trogoj, ili signis sur ili la aĝon kaj resendis ilin al la reĝo de la hundokapaj tataroj.

Miris la reĝo de la tataroj, kiu sorĉkapabla homo divenis[41] tion, ja la signoj sur la ĉevaloj estis ĝustaj. Sed li ne kontentiĝis pri tio.

Nun li sendis bastonon, kies ambaŭ ekstremoj estis egale dikaj kaj mesaĝis: se oni ne divenos, kiu ekstremo de la bastono estis pli proksima al la radikoj, el la lando restos nur ruinoj.

Rigardis, palpadis la bastonon ĉiaspecaj saĝaj, saĝegaj homoj, sed ili ne povis diveni, kiu ekstremo estis pli proksima al la radikoj.

La reĝidino denove iris al Joĉjo, kaj rakontis, kion nun postulas la reĝo de la hundokapaj tataroj.

– Pro tio ne ploru, reĝidina moŝto – diris Joĉjo, – nenio estas pli facila ol tion diveni.

Oni ligu fadenon[42] precize al la mezo de la bastono, per la fadeno oni pendigu ĝin, kaj kiu flanko estas pli peza, tiu estis pli proksima al la radikoj.

Kuris la reĝidino al la patro kaj diris, ke nokte ŝi denove vidis mirindan sonĝon: griza maljunulo klarigis al ŝi, kion oni devas fari per la bastono.

41) diven-i [타] * 알아맞히다. 추측하다. 짐작해서 말하다.
42) faden-o 실(絲). 선(線)

이렇게 하여 그 공주의 조언에 따라 실천해 보니, 그 일곱 말이 일곱 개의 여물통에서 귀리를 먹기 시작했을 때, 그 말에 각각 나이를 표시하고는, 이 말들을 그 개머리를 한 타타르족 왕에게 보냈다. 마술을 다루는 사람이나 그걸 맞히게 될 것을 추측했던 그 타타르 왕은 깜짝 놀랐다. 정말로 제각기 7필의 말에 쓰인 나이들이 꼭 맞았다. 그러나 그는 그것에 만족하지 않았다. 이제 그는 막대 하나를 보냈는데, 양 끝이 똑같은 두께를 갖고 있었는데, 그 막대기와 함께 메시지도 함께 들어 있었다.

만일 이 막대의 어느 쪽이 뿌리에 더 가까운지를 알아내지 못한다면, 그 나라는 폐허로 변할 것이라는 메시지였다. 이 나라의 현인 누구도, 현명함의 정도를 불문하고 이리 보고 저리 보아도, 그들은 어느 쪽 끝단이 더 뿌리에 가까운지 추측해 낼 수 없었다. 공주는 다시 요쵸에게 가서, 그 타타르족의 왕이 지금 요구하는 바를 설명해 주었다. 요쵸가 말했다. -그 때문이라면 울지 마세요, 공주님, 그 문제는 아무 어려움이 없네요.

그 막대 중앙에 곧장 실을 매달아요. 그 실로 그 막대를 저울을 재는 것처럼 당겨 보세요. 그 실을 중심으로 해서 땅에 가까운 쪽이 뿌리에 가까울 겁니다.

공주는 왕에게 달려갔고, 밤에 그녀가 다시 놀라운 꿈을 꾸었다고 말했다. 꿈에서 어떤 머리가 희끗희끗한 노인이 막대로 무엇을 해야 하는지를 설명해 주었다고 했다.

Oni tuj ligis fadenon al la mezo de la bastono, kaj fakte, unu flanko montriĝis pli peza.

Oni faris sur ĝi signon,[43] kaj resendis la bastonon al la reĝo de la hundokapaj tataroj.

Nun jam forte ekkoleris la reĝo de la hundokapaj tataroj. Li prenis sian pafarkon kaj pafis al la palaco de la reĝo, tiel forte, ke la palaco ektremis.

Al la sago estis fiksita skribaĵo, kiu entenis la jenon: se oni ne repafos la sagon al lia palaco, li tuj ekiros kun sia tuta popolo kaj lasos viva neniun krom la reĝidinon.

La reĝo kolektis ĉiujn bravulojn en la kortego, kaj promesis la filinon kaj la duonon de la regno al tiu, kiu povas repafi la sagon.

Sed ne troviĝis homo, kiu entreprenus[44] tion, ĉar la reĝo de la hundokapaj tataroj loĝis je distanco de sepoble sepdek sep mejloj.

Malĝojis la reĝo, eĉ la reĝidino.

Ŝi ne kredis, ke Joĉjo povus helpi en tio.

Tamen ŝi kuris al li kaj plore-plende[45] rakontis, kion volas la reĝo de la hundokapaj tataroj.

---

43) sign-o [G6] 모양; 표시; 징조, 조짐, 전조(前兆); <病理> (병의) 징후; 자국, 흔적; 부호(符號) signi <他> 표시하다; 징조를 보이다; …의 기호를 삼다; 신호하다; 손짓[몸짓]하여 알리다[하다]; 부호(符號)를 넣다.

44) entrepren-i <他> 떠맡다, 도급맡다, 착수(着手)하다, 기도(企圖)하다, 사업을 하다

45) plor-i <自> 울다, 눈물을 흘리다. plend-i <自> 하소연하다, 딱한 사정을 호소하다, 불평하다, 탄식하다, 한탄하다; <法> 공소(控訴)하다.

그 공주의 말에 따라, 사람들은 그 막대 가운데에 실을 매달고 그렇게 달아보니, 실제로, 한 편이 더 무거움이 밝혀졌다. 그래서 사람들은 그 무게가 더 나가는 쪽에 표시해, 그 막대를 그 개의 머리를 가진 타타르족의 왕에게 되돌려 주었다. 이제 이미 개의 머리를 가진 타타르족의 왕은 화가 날 때로 나기 시작했다.
그는 자신의 화살을 들고 요쵸가 사는 왕의 궁전을 향해 쏘니, 그 화살을 맞은 그 궁전이 흔들렸다. 그 화살에는 편지 한 장이 꽂혀 있었다. 만일 그의 왕궁으로 보낸 그 화살을 되쏘지 못하면, 곧장 자신의 모든 백성과 함께 출발해, 그 공주를 빼놓고는 모두 죽임을 당할 것이라고 했다.
그 왕은 궁전의 모든 용사를 불러 모아, 이 화살을 되쏠 수 있는 이에게 이 왕국의 절반과 함께 자신의 딸인 공주를 주겠다고 약속했다. 그러나 그 일을 해낼 수 있는 사람은 찾지 못했다. 왜냐하면, 그 개 머리를 가진 타타르족의 왕이 77마일의 일곱 배 되는 먼 거리[46]에 거주해 있기 때문이었다. 슬퍼한 이는 왕뿐만 아니라 공주도 마찬가지다.
이런 상황에서 요쵸가 뭔가 도움이 되리라고는 믿어지지 않았다. 그래도 공주는 그 청년에게 다가가, 울며 또 울먹이면서, 그 타타르족의 왕이 원하는 것이 무엇인지 이야기해주었다.

46) *역주: 1마일은 1,609m이니, 독자 여러분이 한 번 계산해 보세요.

- Ne ploru, reĝidina moŝto - diris Joĉjo -, iru, remetu la ŝtonon, kvazaŭ ĝi neniam estus elprenita, kaj diru al via patro, ke vi vidis mirindan sonĝon: tion, ke vivas ankoraŭ la junulo, kiun antaŭ longa tempo li ordonis masonfermi, kaj griza maljunulo raportis al vi, ke tiu junulo kapablas repafi la sagon.

La reĝidino ĉion ĉi rakontis al la patro, tiel, kiel Joĉjo instruis al ŝi, kaj la reĝo -kvankam li ne kredis, ke la junulo ankoraŭ vivas- ordonis malkonstrui la muron. La reĝo mire[47] miregis, ekvidinte Joĉjon! Li ankaŭ antaŭe estis bela, svelta junulo, sed nun li estis pli bela, pli svelta ol antaŭe.

Tuj ili kunportis Joĉjon kaj montris al li la sagon en la muro de la palaco.

- Ĉu tio estas problemo? - demandis Joĉjo.

Li eltiris la sagon el la muro, streĉis[48] la muskolojn[49] kaj repafis la sagon tiel, ke la aero zume muĝis,[50] kaj la palaco de la hundokapa tatara reĝo ekdancis pro ĝi.

- Nu, -diris la reĝo de la tataroj-, mi maljuniĝis, plenumis la pli longan parton de mia vivovojo, sed ĝis nun neniu tiel hontigis min. - Li volis vidi vid-al-vide la bravulon, kiu reĵetis la sagon.

---

47) mir-i [자] 놀라다, 이상하게(기이하게) 여기다, 경탄하다, 감탄하다.
48) streĉ-i <他>잡아늘이다, 팽팽히하다, 잡아당기다; 극도로 노력하다
49) muskol-o <解>근육(筋肉), 근(筋), 힘줄.
50) muĝ-i <自>(사람 · 사자등이) 포효(咆哮)하다, 노호(怒號)하다, 외치다, 고함치다, 부르짖다; 소가울다; (바람이)거세게 불어치다

그런데 요쵸가 아이디어를 내놓았다.
-울지 마세요, 공주님. 가서, 공주님이 드나들었던 저 벽돌을 제대로 놓아 주세요. 마치 저게 결코 빼낸 적이 한 번도 없듯이요. 그러고서 아버님께 가셔서 공주님이 놀라운 꿈을 꾸었다고 하세요. 오래전에 왕께서 벽돌로 쌓아 죽게 만든 그 청년이 아직도 살아있다고요, 또 희끗희끗한 머리의 노인이 공주님께 꿈에 나타나서 말씀을 전하시길, 그 젊은이가 활을 다시 쏘아 보낼 수 있다고요.
공주는 이 모든 것을 자신의 아버지께 요쵸가 일러준 대로 했다. 그 왕은 그 청년이 아직 살아있음을 믿지 못하여도 저 성벽을 무너뜨리라고 명령을 내렸다. 그 왕은 요쵸를 보니 정말 놀랍고 놀라웠다! 그는 이전처럼 아름답고 날씬한 청년이었지만, 지금은 더욱 아름답고 이전보다 더 날씬했다. 곧장 그들은 요쵸를 데려가, 그에게 그 왕궁의 벽에 있는 화살을 보여주었다.
요쵸가 물었다.
-그게 문제인가요?
그는 그 벽에 박혀 있는 화살을 빼내, 자신의 온몸을 긴장시켜, 그 화살을 되쏘니, 공중에 슝- 하며 소리가 났고, 그 개의 머리를 한 타타르족의 왕이 사는 궁전이 그 때문에 춤추듯이 흔들렸다.
그 타타르족의 왕이 말했다.
-그래, 내가 평생 살아오면서도 지금까지 아무도 나를 부끄럽게 하지 않았지. 그는 화살을 되쏜 그 용감한 청년을 직접 자신의 두 눈으로 보고 싶었다.

Tuj li sendis mesaĝon[51] en la kortegon de la reĝo, kaj Joĉjo ne hezitis,[52] tuj ekiris kun dek unu homoj, sed ili ĉiuj havis absolute samaspektajn vestojn kaj armilojn.

Multe pensadis, rezonis la reĝo de la hundokapaj tataroj, kiu el la dek du povas esti tiu granda saĝulo kaj bravulo, kiu reĵetis la sagon, sed li ne povis diveni.

- Mi ekscios tion.

diris la patrino de la reĝo, kiu estis sorĉistino.

Vespere oni pretigis litojn por ĉiuj dek du bravuloj en la sama ĉambro.

La sorĉpova maljuna reĝopatrino kaŝis sin en angulo kaj subaŭskultis.

Kiam ili ĉiuj enlitiĝis, ekparolis unu el la bravuloj.

- Aĉa homo estas tiu reĝo, sed oni devas agnoski, ke li havas bonan vinon.

- Ne mirinde diris la alia.

- lia vino enhavas homan sangon.

- Ankaŭ la pano estas tre bona - laŭdis alia bravulo.

- Nature, ja ĝi enhavas virinan lakton

klarigis denove la alia bravulo.

- Hej, eĉ tiu ĉi lito estas tre mola

---

51) mesaĝ-o 소식, 통신; 전하는 말, 서신, 메시지;<政>교서(教書);<宗> 탁선(託宣).

52) hezit-i <自> 주저하다, 우물쭈물하다, 망설이다.

그래서 그는 그 왕의 궁전으로 메시지를 보내 그 용사를 직접 보고 싶다고 하였다.
그래서 그 왕은 요쵸를 포함해 12명의 청년을 보내 그 중에 요쵸가 있다고 하면서 이번에는 타타르족의 왕이 그 청년을 찾아보라는 메시지도 함께 보냈다.
요쵸는 주저하지 않고, 11명의 청년과 함께 출발했으다. 그들 일행은 온전히 똑같은 의복과 무기를 들고 있었다. 개의 머리를 가진 타타르족의 왕은 저 12명 중 누가 그 대단한 용사인지, 그 화살을 되쏜 이가 누구인지 많이 생각하고 또 추측도 해보았지만, 도저히 알 수 없었다.
한때 마녀였던, 그 왕의 어머니가 말했다. -내가 그걸 알아내 보지.
그 궁전에서는 저녁에 큰 방 하나에 용사 12명을 머물 침대들을 마련하였다. 그리고는 그 요술을 부릴 줄 아는 늙은 어머니는 자신을 한 모퉁이에 숨기고 그들이 하는 말을 엿들었다. 그리고 그 일행이 모두 잠자리에 들자, 그중에 한 용사가 말을 시작했다.
-나쁜 작자는 저 왕이야, 하지만 그가 좋은 포도주를 가지고 있다는 걸 확인해 봐야겠네.
다른 용사가 말했다. -놀랄 일도 아니네. 그의 포도주 안에는 사람 피가 있다던데.
또 다른 용사가 말했다.
-이곳의 빵도 아주 맛있다고 해.
다른 용사가 말을 이어갔다.
-당연하지, 그런데 정말 그 빵엔 여인의 젖이 들어있네.

diris tria bravulo.

- Jes ja, ĝin preparis sorĉistino.[53]

La maljuna reĝopatrino notis por si, el kiu lito venas tiuj paroloj.

Kiam ili ĉiuj endormiĝis, ŝi ŝteliris al la lito, kaj detranĉis buklon[54] el la hararo de Joĉjo.

Matene la bravuloj rimarkis, ke el la hararo de Joĉjo estas tranĉita buklo.

- Ĝin detranĉis la sorĉpova reĝopatrino - diris Joĉjo -, sed ni superruzos[55] ŝin. - Tuj ili detranĉis buklon ankaŭ el la hararo de la ceteraj bravuloj, kaj tiel ili iris al la reĝo.

Dume la reĝopatrino rakontis al la filo, kion ŝi aŭdis kaj faris, li nur atentu, el kies hararo mankas buklo, tiu lin hontigis.

Nu, li vane atentis, el la hararo de ĉiu mankis unu buklo.

- Nu - diris la reĝo de la hundokapaj tataroj -, mi vidas, ke vanas ĉia manipulado,[56] mi ne povas diveni, kiu el vi estas tiu fama bravulo.

---

53) sorĉ-i <他> 마술을 걸다, 요술(妖術)로 홀리다; 매혹(魅惑)하다, 홀리다; 황홀하게 하다. sorĉistino 무당(여자).

54) bukl-o 고수머리; 동그라미(실ㆍ연기 등의).

55) ruz-a 교활(狡猾)한; 간사한, 꾀많은, 음흉한. ruzo, ruzaĵo 교활, 간계(奸計), 꾀, 트릭, 음흉, 속임수, 계교. ruzi <自> 교활하다, 간계를 피우다, 꾀부리다. superruzi <他> 꾀로 이기다, 속이다.

56) manipul-i <他> 손으로 (교묘하게) 다루다, 조종하다, 교묘하게 다루다[처리하다]; (시장ㆍ싯가 등을)교묘하게 조종하다; (장부 등을) 조작(操作)하다; 운용(運用)하다

다른 용사가 말했다.
-에이, 이 방의 이 침대는 아주 푹신하네.
-그래 맞아, 이걸 만든 건 마녀일세.
그 늙은 어머니는 어느 침대에서 그런 말이 오갔는지를 잘 기억해 두었다.
그들 모두가 잠들자, 그녀는 요쵸가 잠자는 침대로 몰래 다가가, 요쵸의 머리에서 머리카락을 한 줌 잘라냈다.
아침에 자리에서 일어난 용사들이 서로 보니, 요쵸의 머리에는 한 줌의 머리카락이 잘려나간 것을 발견했다.
요쵸가 말했다.
-이건 그 요술할 줄 아는 왕의 어머니 소행이야. 하지만 우리는 그 어머니를 한 번 놀려 주어야겠어.
곧장 그들은 나머지 11명의 용사의 머리카락도 한 줌씩 잘랐다.
그렇게 그들은 그 왕의 앞으로 갔다.
한편, 그 어머니는 자신이 듣고 또 자신이 한 바를 아들인 왕에게 모두 다 이야기해 두었기에, 그 왕은 그 머리카락이 조금 잘려나간 사람이, 바로 그 사람이 그를 부끄럽게 했다는 것만 주목했다.
그런데, 그는 그 알현한 용사 모두의 머리카락이 한 줌씩 잘려져 있음을 보고는 깜짝 놀랐다.
그 개의 머리를 한 타타르족의 왕이 말했다.
-저런, 내가 보니, 이 모든 요술도 소용없음을 알았으니, 나는 너희들 중에 누가 그 유명한 용사인지 알 수가 없겠구나.

- Do ne manipuladu - diris Joĉjo -, mi estas tiu fama bravulo.
- Nu, se vi estas tiu, diru al mi, kiel miksiĝis homa sango en mian vinon?
- Tiel - respondis Joĉjo -, ke via servisto, kiam li verŝis[57] la vinon, tranĉis la fingron kaj la sango ŝprucis[58] en la vinon.
La reĝo alvokigis la serviston kaj krie demandis lin: - ĉu vere, ke hieraŭ ŝprucis sango en la vinon?
- Vere, reĝa moŝto, sed indulgu[59] min, malfeliĉulon. Kiam mi verŝis la vinon, mi tranĉis la fingron, kaj guto da sango ŝprucis en la vinon.
La reĝo forigis la serviston kaj demandis Joĉjon:
- Kiel vi scias, ke mia pano enhavis virinan lakton?
- Tiel - respondis Joĉjo -, ke via kuiristino estas mamnutra virino, kaj, kiam ŝi knedis la panon, guto da lakto ŝprucis en la paston.
La reĝo alvokigis la kuiristinon.
- Ĉu vere, ke via lakto ŝprucis en la paston?
- Reĝa moŝto - respondis ektremante la kuiristino -, vere, guto da lakto ŝprucis en la paston, kiam mi knedis ĝin.

---

57) verŝ-i <他> (액체를) 붓다, 쏟다, 따르다 ; (피 · 눈물 등을) 흘리다 ; (말 · 음악 · 빛 등을) 발(發)하다, 소리내다 ; (탄알 등을) 퍼붓다
58) ŝpruc-i <自> 내뿜다, 분출(噴出)하다, (물 등이)뻗쳐[뿜어]나오다; 갑가기 나타나다.
59) indulg-i <自,他> 관대히 용서하다, 견디다, 애석히 여기다.

요쵸가 나서서 말했다. -그러시니, 더는 요술을 부리지 마십시오. 제가 그 유명한 용사입니다.
-그래, 만일 자네가 그 사람이라면, 어찌하여 사람의 피가 내 포도주에 들어간 연유를 말해 주게나.
-그건 말입니다. 폐하의 하인이 술을 부을 때, 그때 손가락이 베여, 그 피가 그 포도주 안으로 들어갔답니다.
그 왕은 그 하인을 불러 그에게 크게 꾸지람을 하며 물었다.
-네가 어제 내 포도주에다 피를 빠뜨렸는가?
-정말이옵니다. 폐하, 하지만, 저같이 불행한 이를 용서해 주십시오. 제가 그 포도주를 부을 때, 제 손가락이 베였어요, 그래서 피 한 방울이 그 포도주 안에 들어갔습니다.
그 왕은 그 하인을 내보내고는, 요쵸에게 또 물었다.
-내 빵에 여인의 젖이 들어 있다는 것을 어찌 알았는가?
요쵸가 대답했다.
-그건 이렇습니다. 폐하의 요리사 중에 젖먹이를 키우는 여인이 있는데, 그녀가 빵을 구우려고 반죽할 때, 젖 한 방울이 그 파스타 안에 들어갔을 겁니다.
왕은 그 여요리사를 불렀다.
-네 젖이 한 방울 저 파스타 요리 속으로 튀어 들어간 것이 사실인가?
그 여요리사가 떨며 말했다.
-폐하, 정말, 한 방울의 젖이 파스타 요리를 할 때, 그 파스타 안으로 들어갔습니다.

Kun forta kolero la reĝo forigis ankaŭ la kuiristinon, poste demandis denove Joĉjon:
- Kiel vi scias, ke sorĉistino preparis por vi la litojn?
- Tiel, ke via patrino ilin preparis, kaj ŝi estas sorĉistino.
Ekkoleris la reĝo kaj diris: - Mi vidas, vi estas pli saĝa ol mi, sed mi ne permesas, ke vivu en la mondo homo pli saĝa ol mi. Glavon,[60] ek!
Ili ambaŭ eltiris la glavon kaj ekbatalis, ke la palaco tremis pro tio.
Sed Joĉjo estis ne nur pli saĝa, sed ankaŭ pli forta ol la reĝo de la hundokapaj tataroj, kaj li detranĉis lian kapon tiel rapide, kvazaŭ neniam ĝi estus sur sia loko. Poste kun la dek unu bravuloj li ekiris al la kortego de sia propra reĝo.
Tie atendis ilin jam granda gastaro.
Tuj oni edzinigis la reĝidinon al Joĉjo, kaj faris tian edziĝfestenon, ke bona vino fluis[61] eĉ en la riveroj.
Ili ankoraŭ vivas, se ili ne mortis.

60) glav-o 칼, 검(劍).
61) flu-i <自> 흐르다(流)

화를 벌컥 내며 그 왕은 그 여자 요리사를 나가게 하고는, 나중에 다시 요쵸에게 물었다. -마녀가 너를 위해 침대들을 마련하였음을 너는 어찌 아는가.
-그건 이렇습니다. 폐하의 어머니께서 그것들을 위해 준비했고, 그분은 마녀입니다.
그 왕은 화를 벌컥 내고는 말했다.
-내가 보기엔, 너는 나보다 더 현명하지만, 나는 이 세상에서 나보다 더 현명한 사람이 사는 것을 허용하지 않을 것이다. 칼을 들어라, 어서!
그들 둘은 칼을 빼서는 서로 싸우자, 그 궁전에 사는 사람들은 무서움으로 떨었다. 그러나 요쵸는 현명할 뿐만 아니라 개 얼굴을 한 타타르족의 왕보다 더 힘이 셌다. 요쵸가 그 왕의 목을 한 번도 그것이 그 장소에 없었던 것처럼 그렇게 눈 깜짝할 새 그의 목을 베어버렸다. 그러고는 11명의 용사와 함께 그는 자신이 섬기던 왕의 궁전으로 나아갔다.
그곳에 그들을 기다린 것은 이미 수많은 환영 인파였다. 곧장 그 왕은 자신의 공주를 요쵸에게 시집가게 하였다. 그래서 결혼식이 성대하게 마련되고 좋은 술이 강물처럼 넘칠 정도였다. 그들은 아직도 살고 있단다. 만일 그들이 죽지 않았다면.

LA SOLDATO KAJ LA TAJLORO

Ĉu estis, ĉu ne estis, trans sepdek sep landoj, vivis iam soldato. Tiu soldato tre ŝatis la vinon. Sed oni preteratentis tiun lian malvirton, ĉar krom tio li estis tiom brava homo, ke ne troviĝis simila en la tuta regimento.[62] Kaj li havis tiom da mono, ke preskaŭ ĝi kovris lin. Nu, por ne troigi, li havis jam mil talerojn[63] el pura arĝento.

Foje li ekpensis: kion mi faru per tiel multa mono?

Li iris al la generalo kaj petis lin gardi la monon ĝis li finservos.

Kaj fakte la generalo prenis la monon. Sed, kiam la soldato jam volis ekiri hejmen, kaj petis la monon, la generalo ordonis doni al li kvindek batojn sur la plandojn,[64] tiajn, ke certe li memoros ilin eĉ en la tago de sia morto.

Nu, kompatinda soldato, vi jam povas iri hejmen sen mono.

Li ekiris, sed dumvoje li elpensis ion kaj ne iris hejmen, sed rekte[65] al la reĝo por plendi kontraŭ la generalo.

---

62) regiment-o <軍> 연대(聯隊)
63) taler-o [OA] 독일의 옛 은화(3 marko)
64) pland-o 발바닥; (구두)창.
65) rekt-a 똑바른, 일직선의, 곧은; 직접의, 솔직한(말, 이야기 등); rekte 똑바로; 간단히, 정직하게, 순수히, 솔직하게.

군인과 재봉사

그런 일이 있었든지, 있지 않았든지, 일흔일곱 개의 나라 너머에 어떤 군인이 살고 있었단다. 이 군인은 술을 너무 좋아했단다. 그러나 사람들은 그의 나쁜 습관에 크게 상관하지 않았다. 왜냐하면, 그것을 제외하고는, 그 자신이 소속된 부대에서 그만큼 용감한 이를 찾아볼 수 없을 정도로 용감했다. 또 그는 가진 돈도 많아, 이 돈이 그를 덮을 정도였다. 그러니, 과장해 말하지 않아도, 그는 자신의 은화만 따져도 일천 냥은 갖고 있었다. 한번은 그에게 이런 생각이 들었다. -이 많은 돈으로 내가 뭘 하지? 그는 자신이 속한 부대의 장군에게 가서, 자신이 가진 돈을 자신의 군대 복무 마칠 때까지 보관해 달라고 요청했다. 실제로 그 장군은 그 돈을 맡아 두었다. 그런데, 그 군인이 군 복무를 마치고, 이제 집으로 가려 했을 때, 그 군인은 장군에게 자신이 맡겨 둔 돈을 달라고 했다. 그런데 그 장군은 자신이 맡아 둔 돈을 그 돈의 주인에게 주는 대신에 그의 발바닥에 곤장 50대를 때리라고 명령을 내렸다.

그러니 그 군인은 분명히 자신의 죽는 날까지도 그때 맞은 곤장을 기억할 정도가 되어버렸다.

그렇게 이 불쌍한 군인은 돈을 한 푼도 받지 못한 채 고향의 자기 집으로 가야만 했다. 그는 길을 나섰으나, 도중에 뭔가를 생각하고는 집으로 향하지 않고, 대신 그 부대의 상관에 대한 불만을 토로하러 직접 나라의 왕을 찾아뵙기로 작심했다.

Li iris, iradis tra granda arbaro, atingis ĉardon [66] kaj eniris.
- Donu Dio bonan tagon! Kiu estas hejme?
Kuras al li la ĉardisto kun granda fervoro[67] kaj diras:
- Ve, kion vi celas ĉi tie, sinjoro bravulo, en tia tempo?
- En kia tempo?
- Ho, vi ne scias, ke en la arbaro estas dek du rabistoj? Ankoraŭ neniun ili delasis vivanta!
Apenaŭ findiris la ĉardisto, kiam eniris la ĉardon tajloro.
Li salutas ilin:
- Dio donu bonan tagon!
ankaŭ al li diras la ĉardisto:
- Ve, kion vi celas ĉi tie en tia tempo?
- En kia?
- Ho,[68] vi ne scias, ke en la arbaro estas dek du rabistoj? Ankoraŭ neniun ili delasis vivanta!
Ektimis la tajloro terure, eĉ frostotremis kaj tuj li kaŝis sin sub la lito.
Sed la soldato ne ektimis. Li frapis sian glavon kaj diris:
- Je vivo, je morto, mi atendos la rabistojn!

---

66) ĉard-o ＊ 헝가리의 시골 주점.
67) fervor-o 열심, 열성, 열정, 열의(熱意) fervori<自>정열을 쏟다.
68) ho! <感> 놀램、분함、아픔、기쁨 등의 감정의 표시

그는 큰 숲을 지나고, 시골 주막인 ‘차르도’에 도달해, 그 안으로 들어갔다.
-여보시오! 누구 없소?
그렇게 부르는 손님을 향해 반갑게 그 주막 주인이 달려 나와 말하였다.
-에이, 용사여, 당신은 이런 시기에 여기는 왜 왔어요?
-이런 시기가 어떤 시기인가요?
-오, 당신은 모르시는군요. 저 숲에 12명의 도적이 있다는 것을요. 저 숲을 아무도 살아서 통과한 사람이 없다니까요!
주막 주인이 그 말을 마칠 때, 주막으로 어떤 재봉사가 들어 왔다.
그가 그런 이야기를 나누고 있는 두 사람을 발견하고는 인사를 했다.
-안녕들 하시오!
그 재봉사에게도 그 주막 주인이 말했다.
-에이, 그런데 당신은 이런 시기에 여기는 왜 왔어요?
-어떤 시기인가요?
-오, 당신도 모르시는군요. 저 숲에 12명의 도적이 있다는 것을요, 저 숲을 아무도 살아서 통과한 사람이 없다고요!
그 말을 들은 재봉사는 공포심을 느끼며 두려워했고, 심지어 덜덜- 떨기도 하여, 곧장 자신은 침대 아래로 숨어버렸다. 그러나 군인은 두려워하지 않고, 자신의 칼을 어루만지며, 말했다. -살아도 좋고, 죽어도 좋으니 내가 그 도둑 떼를 한번 만나보지요!

Venis la rabistoj, kaj tuj ili decidis pendigi la soldaton.
- Bone - diris la soldato -, pendigu min. Mi ne protestas,[69] nur permesu al mi la lastan fojon en mia vivo ankoraŭ satmanĝi.
- Manĝu kaj trinku - diras la estro de la rabistoj -, satmanĝu la lastan fojon.
La ĉardisto portis gulaŝon,[70] aldone botelon da vino.
La soldato ĉion manĝis kaj trinkis. Tiam diris la estro al rabisto:
- Nu, nun portu lin kaj pendigu!
- Ne penu per tio - diras la soldato -, mi mortigos min!
Tre plaĉis tiu parolo al la rabistoj.
Do, li mortigu sin mem! Ja ili ankoraŭ ne vidis, ke iu mortigas sin mem! La soldato diris al la ĉardisto:
- Sinjoro ĉardisto, plenigu al mi botelon duone per vino, duone per papriko![71]
La ĉardisto plenigis botelon per vino kaj papriko.
- Nu rigardu - diris la soldato -, mi fintrinkos tion kaj tuj mi mortos.
Kion vi pensas, kiel faris la soldato? Nur aŭskultu!

---

69) protest-i <自> 항의(抗議)하다, 이의(異議)를 제출하다, 반대(反對)하다, 불복(不服)을 성명하다; 부인(否認)하다; <商> (지불을)거절(拒絶)하다.
70) gulaŝ-o <요리> (헝가리의)야채 스푸를 덮은 쇠고기 요리.
71) paprik-o =ruĝa pipro; <植> 고추의 일종.

바로 그때 그 도둑들이 들이닥쳐, 곧 그 군인을 붙잡아서는 매달아 죽이기를 결정했다. 그때 군인이 간청하며 말했다.
-좋소. 나를 매다시오. 그 점에 내 반대하지 않겠소. 다만 나도 죽기 전에 마지막으로 실컷 먹고 죽게 해주시오.
그러자 그 도둑 떼의 대장이 그에게 말했다.
-그럼, 먹고 마셔. 죽기 전에 실컷 먹어!
주막 주인은 그에게 굴라쇼[72]를 가져 주면서 술도 한 병 갖다 주었다. 군인은 그렇게 내어놓은 음식을 다 먹었다. 그때 그 도적 떼의 대장이 말했다.
-그럼, 저자를 데려가 매달아라! 군인이 말했다.
-나를 그런 식으로 데려가지 마십시오. 내 스스로 죽겠소이다.
그 말이 그 도적 떼의 마음에 들었다. 그래, 그가 스스로 죽도록 내버려 두자! 정말 그들은 지금까지 스스로 목숨을 거두는 이를 본 적이 없었으니!
군인이 주막 주인에게 말했다:
-주막 주인이여, 술병 하나에 술을 반쯤 담고, 우리가 먹는 고춧가루를 반쯤 채워주시오.
주막 주인은 그 병에 술과 고추를 반반씩 섞어 주었다.
군인이 이제 말했다. -자, 이제 보시오, 내가 이를 다 마시면 곧장 나는 죽게 될 거요.
여러분은, 그 군인이 어떻게 행동했을지 생각해 보세요. 듣기만 하세요!

---

72) *역주: 우리나라 돼지국밥 쇠고기 국밥 같은 요리.

Li tenis en la maldekstra mano la botelon, en la dekstra la glavon. Subite li turniĝis.[73] La paprikan vinon li verŝis en la okulojn de la dek du rabistoj. Ili tuj perdis la vidkapablon. Li detranĉis iliajn kapojn.
Kaj nun jam ankaŭ la tajloro elŝovis sin de sub la lito.
- Nu, brava sinjoro soldato, - diris la tajloro - vi savis ankaŭ mian vivon. Pro bono atendu[74] bonon! Mi portos al vi belan knabinon kaj sinjorinon. Elektu el ili, kiu estas laŭ via gusto.
Foriris la tajloro, kaj ne forpasis[75] unu, du horoj, li jam revenis kun knabino kaj sinjorino.
- Nu, kiun vi elektas, sinjoro bravulo?
Li elektis la knabinon, ĉar ŝi estis tiel bela, ke la sunon oni povis rigardi, sed ŝin ne.
Bone li faris, ke li elektis la knabinon, ĉar la sinjorino estis la edzino de la tajloro. Tion li ne sciis, ke la tajloro estis la reĝo mem, kiu vagadis[76] en tajlora vesto en la lando por vidi, kiel vivas la popolo.
La soldato tuj edziĝis al la knabino. La tajloro foriris kun la edzino kaj lasis la gejunulojn en la ĉardo.

73) turn-i <他> 돌리다, 회전(回轉)시키다;(몸을)돌다;(페이지를)넘기다;(땅을)파뒤집다;...의 방향을 바꾸다, (...쪽으로) 향하게 하다;(...의 질. 모양 따위를) 바꾸다;...화(化)하다;...케 만들다;(마음 . 두뇌를)혼란케 하다.
74) atend-i <他> 기다리다; 대기하다, 기대하다.
75) pas-i <自> 지나가다(過), 통과(通過)하다 ; 넘어가다, 건너가다 ; 사라지다, 운명(殞命)하다, 서거(逝去)하다 ; 경과(經過)하다. forpasi<自> 사라지다, 서거하다. forpasigi 시간을 보내다, 소일하다
76) vag-i,-adi <自> 떠돌아 다니다, 배회(徘徊)하다, 표랑(漂浪)하다, 방랑[유랑]하다, 헤매다

그는 왼손으로 그 술병을 들고, 오른손으로 자신의 칼을 집어 들었어요. 갑자기 그는 자신의 몸을 돌려, 고추가 든 술병을 그 열두 도적의 눈에 뿌려 버렸다, 그러니 그들은 앞을 볼 수 없게 되었다. 그래서 그는 그들의 목을 모두 베어버릴 수 있었다. 그러자, 지금까지 침대 밑에 숨어 있던 재봉사가 그곳에서 나왔다. 그러고는 그가 말했다.
-아, 용감하십니다, 군인 나리. 군인 나리가 내 목숨도 구했네요. 그런 선한 행동에는 선한 보답이 기다리지요! 내가 나리께 좋은 아가씨와 여인을 데려오겠습니다. 나리의 취향에 맞는 사람을 고르십시오.
그 재봉사가 잠시 자리를 비웠다. 그리고 한두 시간이 지나기도 전에, 그가 아가씨 한 사람과 여인 한 사람을 데리고 돌아왔다.
-그래, 용사 나리, 이 중에 누구를 고르겠습니까?
그 군인은 아가씨를 선택했다. 왜냐하면, 그는 태양을 바라볼 수 있어도, 그녀 얼굴을 제대로 보지 못할 정도로 그 아가씨가 아름답다는 생각이 들었기 때문이었다. 그 군인이 그렇게 선택한 것은 아주 잘 한 선택이었다. 왜냐하면, 그 둘 중 여인은 재봉사의 아내였기 때문이었다.
군인은 그 아가씨와 곧 결혼했다.
재봉사는 주막에 그 청년 부부를 두고, 자기 아내를 데리고 떠났다.

Sed ĉar la knabino neniel diris, kiu ŝi estas, la soldato pensis, ke ŝi estas vere la filino de la tajloro.

Forpasis tago, forpasis nokto.

Matene venis la tajloro, pli ĝuste la reĝo sur sesĉevala kaleŝo.

Li portis al la soldato orumitan veston, por ke li surprenu[77] ĝin.

Miris, miregis la soldato, li ne povis diveni, kio okazis. Kiam li survestis la orumitan veston, oni sidigis lin en la kaleŝo, kaj apud li la edzinon.

Sed la soldato havis ombran humoron, ĉar li pensis, ke oni portas lin kun tiu pompo al pendigilo pro la mortigo de la dek du rabistoj.

Vane karesis lin la edzino, por ke li ne estu malgaja kiel tritaga pluva vetero, tamen malgajis la soldato, nek unu vorton li diris.

Ili alvenis en la reĝa palaco, kie jam daŭris la granda edziĝfesto. Ĉeestis multaj princoj, grafoj, baronoj kaj ĉiuj atendis la bravan soldaton. ankaŭ li jam sciis, kies bofilo li fariĝis.

La reĝo tuj volis doni al li la tutan landon kaj la kronon.

---

77) pren-i < 他> 손에 쥐다, 집다, 잡다, 들다;가지다;택하다,취하다 《teni 는 손에 있는 것을 말하고 preni는 손에 없었던 것을 쥐는 것을 말함》; 가지고 가다, 데리고 가다; 강점(强占)하다, 탈취하다; 획득하다. 벌다; 받다, 수납하다; 얻다; 채용하다; 접수하다, 받아들이다;처리하다, 대하다, 간주(看做)하다,…로 여기다

그런데, 그 아가씨는 자신의 신분에 대해서는 전혀 말하지 않았기 때문에 그 군인은 그녀가 정말 재봉사의 딸일 것으로 짐작하고 있었다. 그런데 낮이 지나고 밤이 왔다.
다시 아침이 되자 그 재봉사가 다시 왔다.
그런데 그 재봉사가 바로 여섯 마리의 마차를 타고 온, 그 나라의 왕이었다.
그 왕은 그 군인 사위에게 황금색 옷을 주면서, 그 옷으로 갈아입으라고 했다.
놀라고 또 놀란 것은 그 군인이었고, 그는 자신에게 무슨 일이 일어났는지 추측조차 하지 못하였다. 그 군인 사위가 그 황금색 옷을 입자, 그 왕은 자신의 마차에 그 군인을 태우고, 그 군인 옆에 그의 아내를 앉게 했다. 그러나 그 군인은 기분이 썩 좋지는 않았다. 왜냐하면, 사람들이 그를 잘 입혀서는 12명의 도적 떼를 죽였다는 이유로 그를 사형장으로 데려가는구나 하고 생각했다. 헛되이도 그 아내는 그를 다정하게 대해 주면서, 그가 3일간 비 내리는 날씨와 같은 그런 우울한 표정을 보이지 말아 달라고 했다. 그래도 그 군인은 기분이 썩 나쁜 채로, 아무 말도 하지 않았다. 그 일행이 마침내 왕궁에 도착해 보니, 성대한 결혼식이 준비되어 있었다. 많은 왕자, 귀족, 백작, 남작과 모든 사람이 그 군인을 기다리고 있었다.
이제 그렇게 궁으로 오는 길에, 그가 누구의 사위인지도 이미 알게 되었다. 왕은 그에게 곧장 모든 자신이 통치하던 나라와 왕관을 물려 주고 싶었다.

Sed la brava soldato diris:

- Mi petas, patro, nek la landon, nek la kronon. Nur tiun regimenton donu al mia gvidado, kies generalo ne redonis mian monon.

La reĝo bonkore konsentis,[78] kial ne?

Nu, la generalo ricevis sian porcion.[79]

Eble eĉ hodiaŭ li gratas[80] la lokon de la kvindek batoj, se li ankoraŭ ne mortis. Jen la fino, venu vino!

---

78) konsent-i <自> 동의하다, 응하다, 찬성하다, …할 것을 승락하다
79) porci-o 몫 ; (음식의) 한 사람 분, 정액량
80) grat-i <他> 긁다, 할퀴다.

하지만 그때 그 용감한 군인은 말했다.
-장인어른, 나는 나라도 갖고 싶지 않고, 왕관도 갖고 싶지 않습니다. 다만 제 돈을 돌려주지 않은 그 대장이 지휘하는 그 부대를 저에게 맡겨 주십시오.
왕은 기쁜 마음으로 사위의 청을 받아들였다. 왜 아니겠어요?
그래서, 새로 대장으로 부임한 그 군인은 자신의 몫을 받을 수 있었다.
아마 오늘도 그 용사가 만일 죽지 않았다면, 곤장을 맞은 그 발바닥을 주무르고 있을 것이다.

이게 이야기의 끝이네요. 이제 술을 가져와요!

LA MALJUNULINO KAJ LA MORTO

Ĉu estis, ĉu ne estis, eble trans la Fabeloceano, vivis maljunulino, pli maljuna ol la landvojo, sed morti ŝi ne volis. Forte ŝi amis la vivon. Infanojn ŝi ne havis, neniun ŝi havis, malgraŭ tio ŝi ĉiam iris-venis, laboris, kolektis la sonorajn[81] talerojn. La tulipa kesto jam pleniĝis de oro kaj arĝento.[82] Doloris ege ŝia koro, se ŝi pensis pri tio, ke iam venos la Morto kaj ne demandos: ĉu vi venos aŭ ne, nur prenos ŝin kaj forportos.

Kaj vere, bone ŝi pensis, ĉar subite alvenis la Morto kaj diris al ŝi:

- Prepariĝu, maljunulino, ĉar mi forportos vin.

Petis, petegis lin la maljunulino:

- Ankoraŭ dek jarojn.

- Ne, ne eblas, mi forportos vin.

- Ankoraŭ nur kvin.

- Ne, ne eblas, preparu vin; mi jam skribis vian nomon en mia granda libro, mi ne povas forstreki[83] ĝin.

---

81) sonor-i <自>(방울,종,음성,나팔소리 등이) 울리다, 울다, 울려퍼지다; 소리가 나다. sonoro (종,초인종 등의) 울리기, 울리는[우는]소리, 울림.

82) arĝent-o 은(銀). arĝenta 은의; 은빛의. arĝenti <他> 은 입히다(鍍銀).

83) strek-i <他> 줄을 긋다; 줄무늬를 내다. streko 한획(一劃), 획(劃) 한 번 긋기. streketro 하이픈. elstreki, forstreki <他> 줄을 그어버리다, 취소하다. 지우다

할머니와 죽음

옛날 옛적에, 그런 일이 있었든지, 그런 일이 없었든지 간에 저 동화의 대양 너머에는 저 시골길보다 더 오래 사는 어떤 할머니가 살았단다. 그런데 그 할머니는 죽기가 아주 싫어했단다. 강하게도 그 할머니는 삶을 사랑했단다. 그 할머니에겐 자식이 없었다. 그녀에게는 아무도 없었기에, 그녀는 언제나 아침이면 일터로 걸어서 갔다가 하루 일이 끝나면 일터에서 집으로 걸어오니, 그 할머니는 자신의 소리 나는 탈레르[84]를 모으기만 했다. 튤립 모양의 보관 상자에는 금과 은이 가득했다. 그녀는 죽음이 오겠지, 죽음이 알고 오든 모르고 오든, 또 온다면 단지 그녀만 데리고 가겠구나 하는 생각을 할 때면, 마음이 심하게 아팠다. 그리고 정말, 그녀 생각처럼, 어느 날 갑자기 죽음의 저승사자가 찾아와, 그 할머니에게 이렇게 말하는 것이 아닌가.
-준비하세요, 할머니, 제가 당신을 데려갈 겁니다. 할머니는 그에게 청하고 간청하였다.
-아직은 10년만 더요.
-아닙니다, 그럴 수 없습니다.
-당신을 데리고 가겠습니다.
-그러면 5년만이라도.
-아니, 아니 됩니다, 지금 준비하세요. 내 큰 책에 당신 이름이 이미 적혀있어, 그걸 이젠 지울 수가 없습니다.

---

84) *역주: 헝가리나 독일 등지의 옛 은화.

Sed la maljunulino tiel ploris, tiel petegis, ke la Morto donacis al ŝi tri horojn.

- Donu pli da tempo - petis la maljunulino -, lasu min ankoraŭ vivi iom. Venu morgaŭ!

- Je Dio - diris la Morto -, do estu tiel! - kaj li ekiris, sed ankoraŭ aldonis:[85]

- Sed morgaŭ mi fakte venos!

- Bone, nur venu - diris la maljunulino -, sed sciu, estos pli bone, se vi skribos sur la pordofosto[86] "morgaŭ" , por ke mi ne forgesu.

La Morto prenis el sia poŝo kreton[87] kaj skribis sur la pordofosto "morgaŭ" - kaj foriris.

La sekvan tagon frumatene venas la Morto kaj la maljunulino ankoraŭ kuŝas en la lito.

- Ek, maljunulino, jam forpasis via tempo.

- Tute ne forpasis - diras la maljunulino - rigardu la pordofoston, kio estas surskribita? Hodiaŭ vi ne rajtas[88] forporti min, nur morgaŭ.

Tio daŭris unu semajnon, du semajnojn, la Morto ĉiutage venis por la maljunulino.

---

85) al <前> …으로 향하여; …으로, …곳에; …에 대하여; …에게. aldoni 첨가하다. aldiri 첨부하여 말하다

86) pord-o 문, 문짝. pordego 대문, 성문(城門). fost-o 기둥, 말뚝, 장대, 주표(柱標);(기계 、가구의) 발

87) kret-o <鑛> 백악(白垩) ; 분필(粉筆).

88) rajt-o 권, 권리(權利); 공리(公理). rajta, rajtohava 정당한, 권리있는, 유권(有權)의. rajte, laŭ rajte 정당하게, 법에 의한 권리로. rajti <他> 권리가 있다. rajtigi 권리를 주다, 권리를 갖게하다.

할머니는 그래서 이번에는 3시간만 더 살게 해 주오 라고 하면서 울며불며 간청하자, 그 저승사자가 그렇게 하도록 했다. 그 3시간이 지나도 그 저승사자가 그 할머니를 데리고 가려 하자, 할머니가 연거푸 간청했다.
-조금만 더 시간을 줘요. 이 할미가 좀 더 살도록 해 주세요. 내일 다시 오세요.
그 저승사자가 말했다.
-할머니, 하나님께 맹세코, 내일은 꼭 오겠습니다.
그러고 그는 출발하였지만, 이 말은 덧붙였다.
-내일엔 내가 꼭 올 겁니다!
할머니가 말했다.
-좋소이다, 오기만 하시오. 그런데 이건 좀 해 주고 가면 좋겠소. 당신이 저 출입문 문설주에 **"내일"** 이라는 말만 좀 써주고 가시오. 내가 잊지 않게요.
그 저승사자가 자신의 호주머니에서 분필을 꺼내, 그 출입문 문설주에 **"내일"** 이라고 크게 썼다. 그리고 그 사자는 떠나갔다.
다음날 이른 아침에, 그 저승사자가 다시 왔는데, 할머니는 아직 침대에서 일어나지 않았다.
-일어나세요, 할머니, 당신의 때가 이미 지났답니다.
할머니가 말했다.
-아직 전혀 시간이 지나지 않았어요, 저 출입문 문설주를 보시오, 뭐라 쓰여있는지? 오늘은 당신이 나를 데리고 갈 권한이 없네요. **내일**이라야만.
그렇게 저승사자와 할머니는 한 주간, 두 주간이나 계속 입씨름했다. 저승사자는 매일 할머니를 찾아 왔다.

Sed la maljunulino ĉiam akurate[89] montris la pordofoston, kaj la Morto ĉiam foriris kun granda kolero. Sed fine li trovis sufiĉa la multan vanan iradon, forviŝis[90] la skribon de sur la fosto kaj minacis la maljunulinon:
- Nu, atendu, morgaŭ mi vere forportos vin, mi ne indulgos.
Hej, Dio mia, ektimis la maljunulino, ŝia tuta korpo tremis, kiel la poplofolio,[91] ŝi deziris kaŝi sin ie, kie la Morto ne trovos ŝin.
- Hop, jen - ŝi pensis. ŝi havis kuvon plenan per mielo kaj ŝi kaŝis sin en ĝi.
- Nu, ĉi tie certe li ne trovos min.
Sed ankaŭ tie ŝi ne trovis trankvilon, ĉar ŝi timis, ke tamen la Morto trovos ŝin. Elŝoviĝis el la kuvo, fendis la kusenegon kaj kaŝis sin en la plumflokoj de la kusenego.
Tie ŝi restadis kelktempe, sed ankaŭ tie ŝi ne havis trankvilon. Elŝovis sin el la kusenego por trovi pli bonan lokon.
Ĝuste ŝi elŝovis sin, enpaŝis la Morto.

---

89) akurat-a 정확한, 시간지키는, akurate 틀림없이, 정각(正刻)에;
90) viŝ-i <他> 씻다, 닦다, 훔치다 ; 비벼대다. deviŝi <他> 훔쳐서 [닦아] 버리다. forviŝi, elviŝi <他> 깨끗이 닦다, 깨끗이 소탕(掃蕩)하다[없애다] ; 소멸(掃滅)하다, 마멸(磨滅)하다. elviŝiĝi 씻겨지다, 소멸되다, 소실(消失)되다. viŝilo, viŝtuko 수건, 걸레, 행주. manviŝilo 손수건
91) popl-o <植> 포플라, 백양(白楊); foli-o 잎사귀, 나뭇잎, 한장(종이, 책장, 양철판 등)

할머니는 여전히 손짓으로 정확하게 그 출입문 문설주를 가리켰고, 저승사자는 화를 크게 내며 떠나갔다. 그러나 마침내 저승사자는 그렇게 매일 찾아와도 헛됨을 파악하고는 그 집의 문설주의 그 **'내일'** 이라는 말을 지우고는, 그 할머니를 위협했다.
-자, 이제 기다리세요. 내일 내가 정말, 할머니, 당신을 데려갈 겁니다, 내가 이젠 더는 참지 못합니다.
그러자, 안타깝게도, 하나님, 그 할머니는 무서워서 전신을 마치 버드나무 나뭇잎처럼 떨었다. 할머니는 그 저승사자가 찾을 수 없으리라 생각되는 곳으로 숨어볼 생각도 했다.
'그래, 그렇지, 생각났어,'
그녀는 생각해 냈다. 그녀는 함지박에 꿀을 가득 담아, 그 안에 자신을 숨겼다.
-그래 여기면 분명히 그 저승사자가 나를 못 찾을 거야.
그러나, 그곳도 그녀는 안심할 수 없었다. 왜냐하면, 그래도 그 사자가 그녀를 찾아낼 수 있겠구나 하고 걱정했다. 그래서 그 함지박에서 나와, 이번에는 칼로 큰 이불을 찢어, 그 큰 이불의 깃털 조각 안에 자신을 숨겼다.
그곳에 얼마 동안 숨어 있었지만, 그곳도 그 할머니에게는 믿을만한 곳이 못되었다. 그래서 그녀는 더 나은 장소를 찾기 위해 그 큰 이불에서 바깥으로 나왔다.
할머니가 그곳에서 나온 바로 그 순간, 그 저승사자가 그 집 안으로 들어왔다.

Li rigardas, rigardadas, kio povas esti tiu blanka, plumhava[92] monstro.[93] Li terure ektimis, kaj tiel li forrapidis, ke eĉ per mielkuko[94] oni ne povus relogi[95] lin.

La maljunulino eĉ nun vivas ankoraŭ.

Morgaŭ ŝi estu via gasto.

---

92) plum-o (한 가닥의) 깃털(羽毛), 펜(깃털).

93) monstr-o 괴물(怪物), 거물(巨物); 도깨비; 거대하고 괴기한 동물[물건]; 괴기이형(怪奇異形)의 인물[물건], 이상하게 큰 것; <生>기형(奇形).

94) miel-o 꿀(蜜). miela 꿀의 (miela gusto 꿀맛), 꿀같이 단, 아첨하는

95) log-i <他> 유혹[유인]하다, 꼬이다, 매혹(魅惑)하다.

그 저승사자는 그 하얀 깃털이 온몸에 붙여진 귀신같은 존재가 무슨 존재인지 보고 또 보며 살펴보았다.
그러다가 저승사자는 이 상황을 보고는, 너무나 무서워 소리를 크게 지르고는, 그렇게 달콤한 꿀로 만든 과자로 저승 사자를 꼬셔도 그마저도 싫다며, 걸음아 날 살려라고 빠른 속도로 내빼고는 다시는 그 할머니에게 오지 않았다.
그 할머니는 오늘도 잘 살아가고 있답니다.
내일 그럼, 그 할머니를 한번 당신의 집에 손님으로 초대해 보세요.

LA BRAVA PELTISTO

Nun mi rakontos fabelon al vi pri peltisto,[96] kiu estis malriĉa, kiel muso[97] preĝeja. Sed tamen ne! Li havis unu kudrilon, unu malbonan tondilon, sendentan edzinon, kaj tiom da infanoj, kiom da truoj estas sur kribrilo,[98] eĉ plus unu. Foje ili manĝis, foje ne, ankaŭ maizkaĉo[99] aperis sur ilia tablo nur dimanĉe kaj nur malofte. Sed foje okazis, ke el la maizkaĉo restis ero sur la tablo, kaj tiom da muŝoj flugis sur ĝin, ke ili estus povintaj manĝi la tutan maizkaĉon.

La peltisto ekkoleris, ke eĉ la muŝoj malriĉigas lin, kaj tiel li batis tien per la manplato, ke tuj li mortigis dudek muŝojn.

- Nu - pensis la peltisto -, ĉu vere mi estas tiel forta homo?! Tion mi ne pensis. Sed tio estas bonega! Mi iru trovi la feliĉon!

Tuj li skulptis tabuleton kaj per grandaj maljunecaj literoj li surskribis:

- Dudek per unu bato!

Li pendigis la tabulon al sia kolo, kaj vere li ekiris por vagadi en la mondo.

---

96) pelt-o <服 > 모피(毛皮), 생가죽, 털가죽<양,염소 따위의>.

97) mus-o <動>생쥐, 쥐,

98) kribr-i <他> (모래 · 가루 따위를) 체질하다, 체로 치다. kribrilo 체(篩).

99) maiz-o <植>옥수수 ; kaĉ-o 죽(粥), 빵죽; 죽같은 물건; 난국(難局).

용감한 모피업자

 이번엔 내가 교회에 사는 생쥐만큼이나 가난했던 어느 모피업자에 대한 동화를 들려줄게. 하지만 꼭 그 생쥐만큼이라고는 할 수 없단다! 그에게는 바늘 1개, 잘 들지 않는 가위 1개가 있었단다. 또 그에게는 입안에 이 한 개도 없는 아내와 함께 살며, 체 안의 작은 구멍 수효만큼이나 많은 아이를 두고 있었다네. 아니, 아이는 한 명이 더 있었다네. 그러니 그들은 끼니를 때울 때도 있고, 끼니를 해결하지 못할 때도 있었다지. 강냉이죽도 겨우 일요일에만 그들의 식탁에 올랐고, 그것도 간혹. 하지만 한번은 그 강냉이죽이 식탁 위에 조금이라도 떨어져 있던 적이 있었는데, 그때는 그만큼의 생쥐가 그 위로 날 듯이 달려와서는, 식탁 위의 강냉이죽을 다 먹어버린 경우도 생겼단다. 그 모피업자는 이 생쥐들조차 그를 가난하게 만든다고 화를 벌컥 내고는, 그러고는 그는 자신의 손바닥으로 그 식탁 위를 치니 20마리나 목숨을 잃었단다. 그러자, 그 모피업자가 생각하기를, -그래, 내가 이렇게 힘이 센 사람인가?! 그건 미처 내가 생각하지 못했네. 하지만 그것은 좋은 일이네! 그럼, 내가 행복을 찾아 한 번 세상으로 나가 보자!
 곧장 그는 작은 널빤지를 하나 만들어, 노인이 쓰는 큰 글씨로 이렇게 썼다. - “한 번 때려 스물!”
그는 자신의 목에 그 널빤지를 매달고는, 정말 그는 이 세상을 한 번 구경해 보기로 작심하고는 출발했다.

Multe ploris, veis la infanoj, la edzino ne malpli, ke li restu, ne foriru, sed la peltisto tiel forte decidis, ke eĉ per ŝnuro[100] ili ne estus povintaj lin reteni.
Forte li kredis, ke pro sia granda braveco li estos feliĉa ie en la mondo.
Li ekiris, iris, iradis kaj survoje li atingis densan arbaron.
Li tre laciĝis, sidiĝis apud puto. Kiam li tie kuŝis, venis tien la diablo kun granda buballeda[101] ujo por preni akvon.
Li ekvidis la peltiston kaj la tabulon[102] sur lia kolo kun la surskribo: “Dudek per unu bato!“
“Hm - li pensas -, tiu ĉi povas esti vere forta homo! Li estus taŭga servisto por mi! - Tuj li salutis la peltiston per decaj[103] vortoj:
- Dio vin benu, samlandano!
- Dio vin benu - akceptis la peltisto mallonge.
- Ĉu vi estas vere tiel forta homo, ke “dudek per unu bato“? ĉu?
- Tiel - murmuris la peltisto.
- Ĉu vi ne volas esti mia servisto?
- Kial ne, se vi bone pagos!

100) ŝnur-o 줄, 밧줄, 로프, 끈; <數> 호선(弧線) 양단을 연접하는 현(炫).
101) bubal-o 물소(水牛) ; led-o 가죽, 피혁(皮革)
102) tabul-o 판자(板子), 널판대기; 판(板).
103) dec-i [자] * 적합하다, 알맞다, 어울리다, (사회의 관습상으로 보아) 적절하다. (주어 없이)누구의 성격,상황에 어울리다(부합하다), 온당하다.

그러자, 자식들은 아버지가 길을 떠나신다니 울기도 많이 울고, 아내는 남편더러 떠나지 말라고 더 강하게 말렸다. 그러나 그 모피업자는 밧줄로 가족이 그를 줄로 묶어 놔도 못 가게 할 수 없을 만큼 그렇게 강하게 결심했다. 그는 또한 강하게 믿기를, 자신의 이 대단한 용감함이라면 이 세상 어디에 가더라도 행복을 찾을 수 있으리라고 했다. 그는 길을 나서서, 걷고 또 걸어, 길을 가다 보니, 그는 어느 울창한 숲에 다다랐다. 그는 아주 피곤해, 샘 하나를 발견해 그 샘터 옆에 앉아 쉬게 되었다. 그곳에서 쉬고 있을 때, 그곳으로 물을 길러 큰 물소 가죽 가방을 들고 온 도깨비가 그곳으로 왔다. 그가 그 모피업자를 보고, 그의 목에 걸린 "한 번 때려 스물!" 이라는 팻말을 보았다. 그 도깨비가 생각해 보았다. "흠, 이 사람은 정말 힘센 사람이네! 이 사람을 내가 하인으로 쓰면 꼭 맞겠어!"

그러고는, 그는 적당한 말로 그 모피업자에게 인사를 했다.

- 하나님의 축복을 빕니다. 같은 나라 사람이여!

- 당신도 하나님의 축복을 빕니다.

그렇게 짧게 그 모피업자가 인사를 받았다.

- "한 번 때려 스물!" 이라니, 당신은 정말 힘센 사람이지요? 그렇지요?

-그렇습니다. 그 모피업자가 중얼거렸다.

-정말 당신은 내 하인이 되지 않겠어요?

-왜 아니겠어요? 당신이 제대로 가치를 인정해 주고, 좋은 보수를 지불한다면야!

Ili tuj interkonsentis.[104] La peltisto tri jarojn servos ĉe la diablo, li portos akvon, lignon, nenion pli li faros, kaj post la fino de la servo li ricevos sakon da oro.
La brava peltisto donis la manon kaj diris:
- Prenu mian manon, diablo, hundo fariĝu, kiu ŝanĝos ion.
Ili iris al domo de la diablo, kiu havis tiom da infanoj, kiom la peltisto kaj ankoraŭ plus du.
Kiam ili hejmenvenis, la diablidoj ĝis lasta guto trinkis la akvon.
Ili donis la buballedan ujon al la peltisto, por ke li portu akvon el la puto.
Hej, kompatindulo![105] Li pensadis, kion li nun faru? Iamaniere li povis porti la malplenan buballedon al la puto, sed la plenan?
Li eĉ ne povus movi ĝin.
Kiam li tiel pensadis, la diabloj enuis lin atendi kaj sendis unu post lin.
La kompatinda peltisto ektimis, kio okazos al li?
En la granda timo por fari ion, li komencis fosi per branĉo ĉirkaŭ la puto. La diablo demandis:
- Kion vi faras, brava peltisto?

---

104) konsent-i <自> 동의하다, 응하다, 찬성하다, …할 것을 승락하다. inter-konsenti 서로 동의하다, 약정하다, 협의하다.
105) kompat-i <他> 연민(憐憫)하다, 동정하다; 측은히 여기다, 가엾게 여기다. kompatema, kompatoplena 자비로운. kompatigi 동정을 이끌다. kompatinda 동정할만한, 가여운, 가련한

그 둘은 즉시 서로 합의를 했다.
모피업자가 그 도깨비에게 3년간 봉사하기로 했다. 즉, 물을 긷고 땔감 구하는 일만 하면 되고, 그 밖의 일은 아니 해도 된다며, 봉사 기간에 일을 잘하면, 그는 한 꾸러미의 황금을 받게 된다는 것이 합의 내용이었다.
용감한 모피업자가 도깨비에게 손을 내밀고는 말했다.
-내 손을 잡으시오, 도깨비님, 뭔가를 변화시키는 개처럼 일하리다.
그래서 그 둘은 모피업자가 가진 아이 만큼의 아이들이 있는, 아니, 그보다는 2명의 아이가 더 있는 그 도깨비 집으로 갔다. 그 둘이 집에 돌아오자, 그 도깨비의 아이들은 그 둘이 가져온 물을 마지막 한 방울까지 다 마셨다. 그러자, 도깨비 식구들은 모피업자에게 그 샘에 가서 물을 길어 오라고 그 물소 가죽 가방을 주었다.
아, 불쌍한 사람! 그는 그가 지금 뭘 할 수 있을까 생각에 생각을 거듭했다. 어떤 식으로 그는 그 텅 빈 물소 가죽 가방을 가지고 그 샘터로 갔으나, 이를 채워 어찌 들고 간단 말인가? 그는 물이 가득 담긴 물소 가죽 가방을 움직일 수조차 없을 지경이었다. 그가 그렇게 생각하는 사이에, 도깨비 가족은 그를 기다리는 것이 지루해, 도깨비 하나를 그를 뒤따라 보냈다. 그 불쌍한 모피업자에겐 무슨 일이 일어날까 걱정이 되기도 해서.
그 도깨비는 뭔가 두려움 속에서, 나뭇가지로 그 샘의 주위를 파기 시작했다.
그러자 그 따라간 그 도깨비가 물었다.
-용감한 모피업자님, 당신은 뭘 하고 있나요?

- Mi - respondis la peltisto - pensis, kial veni ĉiutage por akvo, mi prefere[106] portos hejmen la tutan puton.
- Ve, ne faru tion - petegis lin la diablo -, ĉar mia patrino estas blinda kaj ŝi povus fali en la truon. Prefere mi portos akvon anstataŭ vi!
- Nu bone - diris la peltisto kaj bonkore li konsentis, ke la diablo portadu hejmen la akvon.
La sekvan tagon ili sendis la peltiston por ligno, kaj ili ordonis al li porti hejmen tri kubklaftojn.[107]
Sed kiel tri kubklaftojn, kiam eĉ tri ŝtipoj[108] estis por li tro?
Li forte pensis, kion fari?
Sed vane li pensis, ĉar nenion saĝan li eltrovis.
Pro enuo[109] li komencis po unu kunligi tiujn multegajn kubklaftojn da ligno, kiuj estis hakitaj en la arbaro.
La diabloj jam ne povis lin plu atendi, kaj denove sendis unu post lin.
Tiu alvenis ĝuste tiam, kiam la peltisto kunligis la lignostaplojn.[110]

---

106) prefer-i <他> 더 좋아하다, 더 원하다, 오히려 ...을 좋아하다,차라리 ...을 취하다. prefero더 좋아함 편애(偏愛), 애호(愛好) prefer오히려, 도리어;우선적(優先的)으로
107) kub-o <數> 입방체(立方體), 정육면체, 입방, 제세곱; 주사위 ; klaft-o <長單>길, 발《약6피드》. klafti <他>(물 깊이를)재다.
108) ŝtip-o 통나무, 굵은 막대기, 나무조각, 굵은 장작; 받침나무《도마. 모탕. 단두대. 조선대. 승마대. 구두닦을 때의 발판 등》; 바보, 멍청이
109) enu-i <他> 권태를 느끼다, 지루함을 느끼다, …에 흥미를 잃다, 싫증이 나다, 우울하다, 무료하다
110) stapl-o 포갬(疊), 무더기, 첩첩이 쌓인 것(편편한 물건)(

그 모피업자가 대답했다.
-나는 왜 매일 물을 길어 와야 하는지 생각을 한번 해 봤지. 내가 이 온 샘 전부를 파내서 자네 집까지 가져 가는 편이 낫겠다고 생각했지.
도깨비가 그에게 간청하였다.
-아뇨, 그걸 하지 마세요. 왜냐하면, 제 어머니가 눈이 멀어, 어머니가 이 샘의 물 안에 넘어질 수 있다니까요. 그러면 내가 당신 말고 그 물 길어다 놓겠어요.
-그것 좋네.
모피업자는 그 말을 듣고는, 그 도깨비가 그 물을 집으로 매일 길어 가는 것에 동의했다.
다음 날에 그 도깨비 가족은 산속으로 땔감을 구하러 그 모피업자를 보내면서, 그 모피업자에게 하루에 3다발의 땔감을 운반해 달라고 명령했다. 그런데, 땔감에 필요한 장작 3개를 운반해 놓는 일도 무거운데, 어찌 3다발의 땔감을 해 오란 말인가? 그는 어찌해야 하나 하고 생각에 생각을 더했다. 하지만 그는 아무 생각이 떠오르지 않았다. 왜냐하면, 아무 현명한 생각이 떠오르지 않았기 때문이다. 지루해진 그는 산속 숲에서 도끼에 잘려 쓰러진 수많은 나무를 한 개로 엮기 시작했다.
도깨비들은 그가 돌아오지도 않자, 다시 도깨비 하나를 그를 뒤따라 보냈다. 그 도깨비가 도착해 보니, 모피업자가 목재더미에서 목재를 아직도 엮고 있음을 보았다.

- Kion vi faras? - demandas la diablo.

- Kion? ĉu mi venu ĉiutage en la arbaron? Ne! Mi portos hejmen ĉiujn, kiuj estas ĉi tie.

Li diris tion tiel kolere, ke la kompatinda diablo konsterniĝis[111] kaj ektimis.

Li komencis petegi, ke pro Dio! li ne faru tion, ĉar se li portos nun hejmen ĉion, kio estas en la arbaro, ili tuj bruligos[112] ĉion kaj por vintro nenio restus.

Prefere li mem portos ĝin hejmen po porcioj.[113] Dume la diablo prenis la pinton de grandega fago[114] kaj tiris ĝin malsupren, por ligi la pinton al la radiko. Tirinte ĝin, li ekkriis:

- Ho ve, venu rapide, brava peltisto, tenu tiun ĉi branĉon, ĉar mia zonrimeno[115] ŝiriĝis.

Do, tion jam ne povis eviti la peltisto kaj li prenis la pinton de la arbo.

Sed en la sama momento, kiam la diablo jam delasis ĝin, la pinto de la arbo resaltis puŝante tiel forte la peltiston, ke li surteriĝis ĉe la alia ekstremo de la arbaro, apud arbusto.

---

111) konstern-i 놀라게하다, 악연(愕然하게 하다, 깜짝 놀라게하다, 어쩔줄 모르게하다; 슬프게 하다. konsterniĝi 놀래다, 깜짝 놀래다, 어쩔 줄 모르다

112) brul-i <自> 불타다, 타다; (혀가 매워서) 얼얼하다; 열이 나다

113) porci-o 몫 ; (음식의) 한 사람 분, 정액량

114) fag-o <植> 너도밤나무 ≪참나무과≫

115) zon-o 띠, 벨트, 혁대, 허리띠 ; 허리(腰部) (lumboj는 척추 양쪽의 뒷허리, zono는 허리통) ; 띠모양의 둘러싼 물건 ; 지대(地帶), 주변 rimen-o 가죽끈, 혁대(革帶), 피대(皮帶); <機> 벨트

그 도깨비가 물었다.
-지금 뭘 하고 있어요?
-뭘 하느냐고? 내가 이 숲에 매일 와? 그건 아니지! 여기 이 목재들을 모두 엮어 집으로 가져다 놓겠어.
모피업자가 그렇게 화를 내며 말하자, 그 불쌍한 도깨비는 기겁하고는 무서워했다. 그는 '오 하나님! 저이가 그 일만은 하지 못하게 해 주세요.' 라고 간청하였다. 왜냐하면, 저 모피업자가 지금 이 숲에 있는 모든 것을 집에 다 가져가면, 그 도깨비 가족은 그 많은 장작을 전부 땔감으로 써버리게 되니, 그러면 겨울에는 아무것도 남지 않음을 아니까. 그래서 도깨비는 자신이, 모피업자를 대신해, 이것을 집으로 하루에 3다발씩 가져가겠다고 약속했다.
한편 도깨비는 어마어마하게 큰 너도밤나무의 꼭대기에 오라 가, 그 끝을 잡고는 그것을 저 밑으로 끌어당겨, 그 나무의 밑둥치와 연결하려고 했다. 그것을 끌어당기면서, 그 도깨비는 외쳤다.
- 오호, 안타깝게도, 어서 여기 와 주세요, 용감한 모피업자님, 이 나뭇가지를 좀 붙잡아 주세요. 왜냐하면, 내 허리띠가 찢어졌어요.
그래서, 그 순간에 그 상황을 그 모피업자가 피할 수 없어, 그는 그 너도밤나무의 끝을 붙잡았다.
그런데 도깨비가 너도밤나무의 그 끝을 놓는 순간, 그 나무의 끝은 다시 그렇게 모피업자를 세차게 밀쳐서 그가 그 숲의 다른 쪽에, 어느 관목 옆에까지 날려가, 그곳에 착지하게 되었다.

El la arbusto elkuris leporo, la peltisto post ĝin, kaj jen, la leporo kuris ĝuste al la direkto de la diablo. La brava peltisto ŝajnigis fortan koleron kaj ege li riproĉis la leporon.

- Aĉa besto! La tutan arbaron mi trasaltis pro ĝi, kaj tamen mi ne povas ĝin kapti. Vidu, nu! - Kaj ne havis finon lia kolero.

Hejme la diabloj priparolis la aferon, kaj decidis, ke ili ankoraŭfoje faros provon[116] al la brava peltisto, kaj se ankaŭ tiam li superruzos ilin, ili pagos al li la tutan salajron kaj sendos lin hejmen.

La sekvan tagon ili sendis lin kun la plej forta diablo al la kampo, por provi lian forton.

La diablo portis kun si vipon kaj klabon.

Kiam ili alvenis la kampon, la diablo diris:

- Nu, brava peltisto, nun montru, kion vi scias! Ni vidu, ĉu vi scias tiel forte klaki per la vipo, kiel mi!

- Pli bone, se vi ne donos ĝin en mian manon - diris la peltisto -, ĉar mi klakos tiel forte, ke viaj okuloj ne eltenos!

- Ne gravas, nur klaku jam! - diris la diablo.

- Klaku unue vi! - instigis lin la peltisto.

La diablo prenis la vipon, kaj tiel li klakis, ke la brava peltisto transkapiĝis pro timo.

---

116) prov-i <他> 시험(試驗) 해보다, 실험(實驗)하다; 시련(試鍊) 하다.

그곳의 관목에 살던 토끼가 깜짝 놀라, 자신의 토굴에서 나왔다. 그러자 모피업자가 그 토끼를 쫓아갔다. 그런데 이번엔 토끼는 바로 그 장작을 준비하던 도깨비가 있는 쪽으로 내달렸다. 용감한 모피업자는 아주 크게 화를 내는 척하고는, 아주 세게 토끼를 비난했다. -에이 이놈아! 이 온 숲을 내가 너 때문에 뛰어다녔구나, 하지만 너를 잡을 수 없구나. 두고 보자! 그리고도 그의 화가는 그칠 줄 몰랐다. 집에서는 그 도깨비가 오늘 있었던 일을 말하자, 그들은 이 용감한 모피업자를 한 번만 더 시험해 보자고 결정하고, 만일 그때도 그가 그들을 교활하게 속일 수 있다면, 그들은 그에게 자신이 받을 그 급료를 줘서, 그를 자기 집으로 보낼 작정이었다. 다음 날에, 그들은 그를 가장 힘센 도깨비와 함께 밭으로 보내, 그의 힘을 한번 시험해 보기로 했다. 도깨비가 그에게 가면서 회초리와 곤봉을 지니고 갔다. 그들이 그 밭에 도착했을 때 그 도깨비가 말했다. -자, 용감한 모피업자여, 이제 당신이 알고 있는 바를 보여다오! 나만큼이나 힘이 세서 이 회초리를 휘두를 수 있을지 한번 보자. 그 모피업자가 말했다. -자네가 내 손에 그걸 집어주지 않는 편이 더 낫네. 내가 한 번 휘두르면, 자네는 두 눈을 뜬 채로 참지는 못할 걸세! 그 도깨비가 말했다. -그건 괜찮아요, 한 번 휘둘러 봐요!
그 모피업자가 그를 부추겼다.
-자네가 먼저 한번 해 보세!
도깨비가 자신의 회초리를 잡고 한번 휘두르자, 그 용감한 모피업자는 무서워 머리가 빙- 돌 지경이었다.

Apenaŭ li povis stariĝi, tamen li diris:

- Nu, tio ne estis tre forta klako,[117] frato diablo. Sed nun kovru viajn okulojn, se vi ne volas, ke ili elsaltu!

La diablo trovis, ke tio estas serioza afero, kaj kovris siajn okulojn.

Ne atendis plu la brava peltisto, li tuj kaptis la klabon,[118] kaj tiel forte li batis la kapon de la diablo, ke oni verŝis sur lin dek kuvojn[119] da akvo ĝis li rekonsciiĝis.

- Nu - diris la peltisto post la rekonsciiĝo[120] de la diablo -, kiu el ni povas fari pli grandan klakon?

- Vi, vi - ploretis dolore la diablo. - Nun iru ni jam hejmen.

Kaj fariĝis granda timo en la familio de la diabloj, kiam ili aŭdis la novan agon de la peltisto. Ili tuj plenigis sakon per oro kaj donis ĝin al li, ke li portu ĝin hejmen, nur ili ne plu vidu lin.

- Sed tion mi ne faros - ekkoleris la peltisto. - Se vi volas, ke mi forlasu vin, portu la salajron hejmen al mi, alie mi restos ĉi tie dum tri jaroj.

Tion la diabloj pli timis ol incenson.[121]

---

117) klak-i [OA] <自>짤깍하는 소리내다. 딸깍하는 소리내다

118) klab-o 몽둥이, 곤봉(棍棒).

119) kuv-o 통, 물통, 함지, 대야.

120) konsci-i <自> 의식(意識)하다, 지각(知覺)하다, 자각(自覺)하다. konscia 지각[정신· 의식]있는, (…을) 아는, 의식적, mem konscio 자각(自覺). re konsciigi 깨어나다,지각[의식]을 회복하다.

121) incens-o [OA] 향(香) 《향로에 쓰는》;아첨, 찬사

그가 겨우 자신을 진정시키고, 바로 서서는 말했다.
-그럼, 그것은 그리 세게 휘두르는 것이 아니구먼, 도깨비 형제, 하지만 만일 자네의 그 두 눈알이 튀어나오지 않으려면, 자네는 두 눈을 감아야 하네!
도깨비는 그 일은 아주 중요하다고 생각하고는, 자신의 두 눈을 감았다.
용감한 모피업자는 그새를 참지 못하고, 곧장 그 도깨비가 가진 곤봉을 곧장 뺏어, 도깨비의 머리를 아주 세게 때렸다. 도깨비가 다시 정신을 차려 깨어 나는데는 큰 물통 10개의 물이 필요했다.
그렇게 그 도깨비의 정신을 회복시킨 뒤, 모피업자는 말했다.
-그래, 우리 둘 중에 더 세게 그 회초리를 휘두른 사람이 누구지?
그 도깨비가 울며 또 울먹이며 말했다.
-당신, 당신입니다. 어서 집으로 가시지요.
그리고 도깨비 가족이 모피업자의 새로운 행동을 듣자, 그 가족은 아주 겁이 났다. 그들은 곧장 황금 한 보따리를 채워, 그에게 그걸 들고 집으로 가라고 하면서, 이젠 그들이 그를 더는 보고 싶지 않다고 했다.
그러자, 모피업자가 화를 벌컥 냈다.
-하지만, 그건 내가 할 수 없지. 만일 자네들이 내가 여길 떠나기를 원한다면, 내 급료를 내 집으로까지 자네들이 가져다줘야지. 안 그러면 나는 여기서 3년간 남아 있을 거요.
그 말을 듣자 도깨비들은 칭찬보다는 두려움이 더 생겼다.

Prefere ili portis hejmen la oron, nur li ne restu.

La brava peltisto iris antaŭen, kaj li pli rapide alvenis hejmen ol la diablo, portanta la oron.

Li tuj sendis sian edzinon al la garbejo[122] por plenigi sakon per grenventaĵo[123] kaj ordonis al ŝi enveni ĝuste tiam, kiam la diablo alvenos.

Tiam ŝi ĵetu la sakon al la subtegmento, kaj diru: "Rigardu, kara edzo, tiu ĉi sako plenas per oro, mi servis dum vi estis for."

La edzino vere faris tiel, kiel la edzo ordonis.

Kiam la diablo vidis, ke ankaŭ la edzino de tiu ĉi homo estas tiel forta, ke ŝi facile ĵetas[124] sakon da oro al la subtegmento,[125] li ektimis, same ĵetis supren la sakon kaj forkuris. Li ne kuraĝis rerigardi ĝis li atingis la arbaron.

Tie li renkontis lupon,[126] kiu demandis:

- Kien vi kuras el tuta forto, frato diablo?

- Ho, ve, ne demandu, frato lupo! aŭ vi ne aŭdis pri la fama brava peltisto?

Kaj li rakontis, kiajn bravajn agojn faris tiu homo.

---

122) garb-o (짚・꽃・화살・광선 따위의) 단묶음, 한 묶음, 한 단 ; garbejo 곡창(穀倉).

123) gren-o 곡물(穀物), 곡식. vent-o 바람(風) ; (유행 등의) 바람. ; ventaĵo 공담(空談), 빈말 쓸데없는 말[일], 무의미한 말[일]

124) ĵet-i <他 >던지다(投), 팽게치다,(시선(視線), 키스 등을) 던지다: 내뻗다(伸); 슬픔 따위에) 빠뜨리다

125) tegment-o <動> 외피(外皮), 포피(包皮), 피막(皮膜); <植> 피포조직(被包組織).

126) lup-o <動> 이리(狼). 늑대

그래서 그들은 모피업자의 귀향길에 그 황금 보따리를 가져다주기로 했다. 오로지 그가 이곳에 남아 있지 않게 하려면. 그 용감한 모피업자가 앞장서고 서둘러, 황금을 들고 오는 도깨비보다 더 일찍 집에 도착했다. 그는 곧장 자신의 아내를 불러 아내더러 곳간으로 가서, 그곳에서 왕겨 한 가마니를 담아, 그 도깨비가 올 때쯤 그 왕겨를 들고 나오라 했다. 그러고서 아내더러 그 왕겨 가마니를 저 다락 방으로 던져 버리라고 했다. 그러면서, 그녀에게 "저 봐요, 여보, 이 가마니가 황금으로 가득 찰 정도로, 당신 없는 동안에 일을 많이 해 놨지" 라고 말하세요.
아내는 정말 남편이 시킨 대로 그렇게 했다.
도깨비가, 이 집 아내 또한 한 가마니의 황금을 저 다락방으로 내던지는 것을 보니, 그만큼 힘이 센 것을 보고는, 겁에 질려 마찬가지로 황금 보따리도 냅다 던져 놓고는 걸음아 날 살려 하며 달아나 버렸다. 그 도깨비는 자신이 그 숲에 도착할 때까지 절대로 뒤를 돌아볼 용기가 생기지 않았다.
그렇게 귀향길에 그곳에서 그는 늑대 한 마리를 만났는데, 그 늑대가 물었다.
-도깨비 형제님, 당신은 전속력으로 어디를 향해 가나요?
-오호, 안타깝게도, 늑대 형제, 나에게 질문은 하지 말게! 자네는 그 유명한 용감한 모피업자에 대해 들어본 적이 없었지? 그리고 모피업자인 사람이 얼마나 용감한 행동을 했는지를 이야기해주었다.

La lupo ridegis, ke bruis[127] la arbaro.

Kiam ĝi rekonsciiĝis de la ridego, ĝi diris al la diablo, ke ili reiru al la peltisto, reprenu de li la oron, ĉar li estas eta, malforta homo.

La diablo duone kredis, duone ne kredis la parolon de la lupo.

Sed fine li konsentis, ĉar li tre volis rericevi la oron. Li konsentis reiri nur se ili faros jugon[128] kaj ili ambaŭ iros en ĝi, ĉar li timis, ke la lupo forlasos lin, se estos danĝero.

La lupo ne kontraŭstaris, estu laŭ la volo de la diablo. Ili faris jugon, prenis ĝin kaj tiel ili iris al la peltisto. En la ĝardeno ĝuste ludis la filoj de la peltisto, kaj kiam ili ekvidis, ke la diablo kaj la lupo venas en jugo, ili pensis, ke la diablo portas la lupon al ili kaj komencis krii:

- Hej, hej! Nia patro servis ankaŭ ĉe lupo!

Alia knabo kriis:

- Ni retenu ankaŭ la diablon, ni retenu ankaŭ la diablon!

Hej, la diablo ege ektimis, kaj ek!

---

127) bru-i <自> 떠들다, 시끄러운 소리를 내다

128) jug-o (두마리에 씌우는)멍에; <羅史>멍에문《항복의 표시로 적병을 기어나가게 하는멍에 또는 창 세 개를 세워 만든 문》; 《轉》 지배(支配), 관할(管轄),제재(制裁), 노역(奴役),속박(束縛), 기반(羈絆);<電>계철(繼鐵). jugi<他>멍에를 걸다, 멍에로 매다,노역(奴役)시키다, 역사(役事)하다, 속박(束縛)하다. jugigi 압제(壓制)하다, 노역(奴役)시키다.

늑대는 그 숲이 떠들썩할 정도로 크게 웃었다.
늑대는 자신이 너무 크게 웃는 것을 도깨비가 보고 있음을 알았다. 그래서 늑대는 도깨비에게 말하기를, 그들이 함께 그 모피업자를 찾아가서, 그 황금을 찾아오자고 했다. 왜냐하면, 그 모피업자라는 이는 몸집이 작고, 힘이 약한 사람일 뿐이기에. 그 도깨비는 그 늑대의 말을 반은 믿고, 반은 믿지 않았다. 하지만 마침내 그는 곧 동의했다. 왜냐하면, 그가 그 황금을 되찾아오기를 아주 원했기 때문이었다. 그는 만일 도깨비와 늑대 그 둘을 함께 묶어 둘 멍에를 만들어, 함께 그것을 두른 채 가면, 자신도 가겠다고 했다. 만일 위험한 상황이 오면, 늑대 혼자서 그를 놔두고 달아날까 봐 겁이 났기에.
늑대는 그 의견에 반대하지 않고, 도깨비의 뜻대로 했다. 그들은 멍에를 하나 만들어, 그 멍에를 잡고서, 함께 그들은 그 모피업자에게 갔다.
바로 그때 그 집의 정원에서는 그 모피업자의 아들들이 놀고 있었다. 그 아이들은 도깨비와 늑대가 서로 연결된, 한 개의 멍에를 짊어지고 오고 있음을 보자, 저 도깨비가 늑대를 그들에게 데려왔다고 여기고 고함을 지르기 시작했다. -이놈들아, 이놈들아! 우리 아빠가 저 늑대에게도 봉사했구나!
다른 아이가 외쳤다: -우리가 저 도깨비도 붙잡아 두자. 우리가 저 도깨비도 붙잡아 두자!
안타깝게도, 그 도깨비는 정말 겁이 나서, 걸음아 날 살려라 하며 내달렸다.

Li ekkuris kune kun la jugo kaj lupo. Vane kuraĝigis lin la lupo! "Ne, kuru, stulta diablo! Ne timu, stulta diablo!"

Li nenion aŭdis, nur kuris per tuta forto.

Li kuris ĝis la lupo trafis[129] arbon per la kapo, la jugo disrompiĝis,[130] kaj li sola kuris plu.

Eble ankoraŭ nun li kuras.

La brava peltisto liberiĝis de la diablo kaj de la lupo, kaj ankoraŭ hodiaŭ li vivas feliĉe kun la tuta familio, per la multa oro de la diablo.

---

129) traf-i <他> (쳐서. 쏘아서)맞히다, 명중(命中)하다; 부딪치다, 마주치다; 알아 맞히다; 당하다, 받다; 생기다, 일어나다, 떨어지다(행복 . 불행 . 재난 등이).

130) romp-i <他> 부수다, 깨뜨리다, 쪼개다; 꺾다; 끊다; 다치다, 삐다; 으스러뜨리다; 기를 죽이다, 세력을 꺾다, 꺾어 누르다; 멈추게 하다, 중단하다. rompiĝi 부서지다, 깨지다, 와해(瓦解)되다, 부러지다, 중단되다. rompebla 깨뜨릴 수 있는, 깨지기 쉬운. rompiĝema 깨지기 쉬운, 약한. ŝiprompiĝo 파선(波船). rompitaĵo, rompopeco 파편(破片). derompi <他 > 잘라버리다, 분질러버리다, 꺾어버리다. disrompi <他> 깨뜨리다; 분쇄(粉碎)하다.

도깨비는 늑대와 함께, 그 멍에를 달고 내달렸다.
그러던 중에 늑대가 그에게 용기를 주었다.
-뛰지 마라, 멍청한 도깨비야! 무서워하지 마라, 멍청한 도깨비야!
도깨비는 그런 말도 들리지 않았고, 오로지 온 힘을 다해 달리기만 할 뿐이었다. 그는 늑대가 자기 머리로 어느 나무를 들이받을 때까지 달렸고, 그 바람에 그 멍에가 두 동강이 나고, 이제 혼자서도 달릴 수 있었다. 아마 지금도 그 도깨비는 달리고 있을 것이다. 용감한 모피업자는 그 도깨비와 그 늑대에게서 자유로워졌고, 아직도 오늘까지도 그는 자신의 온 가족과 함께, 그 도깨비가 가져다준 수많은 황금으로 행복하게 살아가고 있단다.

LA FILINO DE LA BOVPAŜTISTO

Ĉu estis, ĉu ne estis, trans la Fabeloceano vivis iam reĝido. Tiu reĝido forte decidis, ke li travagos la tutan mondon kaj ne ripozos, ĝis li trovos konvenan[131] edzinon. Ne gravas, ĉu ŝi estas filino de reĝo aŭ tiu de malriĉulo, nur ŝi estu laŭ lia gusto.

Disvastiĝis[132] la famo en la tuta lando, eĉ ekster ĝi, kaj kie iris la reĝido, ĉie amasiĝis la popolo por saluti lin, maljunuloj, junuloj, fraŭloj kaj knabinoj, precipe knabinoj.

Foje en vilaĝo la reĝido rimarkis knabinon inter la aliaj, kiu forte ekplaĉis al li. Rekte li iris al tiu knabino, interparolis kun ŝi kaj demandis: Kies filino vi estas, franjo?

- Mi estas filino de la bovpaŝtisto, reĝida moŝto - respondis la knabino.

- Ne gravas, estu filino de kiu ajn, mi edzinigos vin.

Tuj li sidigis ŝin en la kaleŝon, veturigis hejmen la filinon de la bovpaŝtisto kaj ili geedziĝis farante pompan edziĝfeston.

Sed por ne konfuzi la fadenon de la rakonto, mi diru, ke antaŭ la geedziĝo la reĝido diris al ŝi:

---

131) konven-i <自> 적합(適合)하다, 합당하다, (옷 등이) 맞다, 어울리다;

132) vast-a 광대(廣大)한, 거대(巨大)한, 광막한, 넓은, 묘망한, 방대한, disvastigi 전개(全開)하다, 펼치다, 늘리다, 펴다, 산포하다, 퍼뜨리다 ; 만연시키다 ; 전파(傳播)하다, 보급시키다

목동의 딸

그런 일이 있었든지, 아니 있었든지 간에, 저 동화의 대양 너머 한때 왕자가 살고 있었단다. 왕자는 굳건하게 결심하기를, 자신이 온 세상을 한번 돌아 다녀보고, 적당한 아내를 찾을 때까지는 쉬지 않으리라고 다짐을 했단다. 아내 될 사람이 왕의 딸이든, 가난한 이의 딸이든, 그녀가 그의 취향에 맞기만 하면 된다고 했단다. 온 나라에 그 소문이 돌았고, 그 나라 바깥에도 돌았고, 왕자가 가는 곳이면 어디에도 그에게 인사하러 사람들이 모여들었다. 나이 든 사람, 젊은 사람, 총각, 아가씨, 특히 아가씨들이 많이 모였다. 그래서 결국 어느 마을에서 왕자는 자신의 취향에 꼭 맞는 한 아가씨를 다른 모인 여러 아가씨 중에서 발견했다.

-당신은 어느 가문의 딸이요?

-저는 목동의 딸입니다. 왕자 저하!

그 아가씨가 대답했다.

-어느 가문의 누구인지는 제게 중요하지 않습니다, 저와 결혼해 주십시오.

곧장 그는 그 아가씨를 자신의 마차에 초대해 앉히고는, 그 목동의 딸을 왕궁으로 마차를 몰아 와서는, 그들은 성대한 결혼식을 열어 결혼하게 되었다. 그러나, 이 이야기의 실마리를 엉키게 하지 않으려면, 내가, 그 결혼식이 있기 전에, 왕자가 그 목동의 딸에게 한 말을 여기에 해 두고 싶다.

- Aŭskultu, knabino, vi estas laŭ mia gusto, mi edzinigos vin, kondiĉe,[133] ke vi neniam kontraŭdiros al mi. Kion mi faros, tiel estos bone, vi ne havu vorton kontraŭ tio.

Bone, pasis la tempo, ili vivis en paco. Sed foje okazis, ke malriĉulo venis por plendi al la reĝo.

- Reĝa moŝto - diris la malriĉulo -, ni iris kun mia najbaro[134] en la urbon, kun du ĉevaloj[135] mi, kun du bovoj li. Unu el miaj ĉevaloj havis idon. Dumvoje ni tranoktis. Kiam ni ekiris, la ido aliĝis al la bovo de mia najbaro, kaj ne plu volis reiri al sia patrino. Tiam la najbaro diris, ke mia ĉevalido estas la lia, kaj li ne volas redoni ĝin. Reĝa moŝto, faru juĝon![136]

- Bone - diris la reĝo -, mi faros juĝon, sed vi ne ĝojos pro ĝi, malriĉulo, ĉar ankaŭ laŭ mi al tiu apartenas[137] la ĉevalido, kiun ĝi postiras.

---

133) kondiĉ-o 상태(狀態), 상황(狀況); 요소(要素), 조건(條件), 약정(約定). kondiĉa 상황[정형(情形)]에 의한, 조건부의, 상호약정(相互約定)의; 조건을 표시하는, 가정(假定)의 (kondiĉa modo = kondicionalo). kondiĉe 조건부로. kondiĉe ke…, kun[en] la kondiĉo ke… …의 조건하에 [으로]. kondiĉi<他> (…라는) 조건을 내걸다, (…로) 제약하다, …의 요건[조건]을 이루다.

134) najbar-o 이웃, 이웃사람[집], 옆[근처]사람; 이웃나라. najbara 이웃(사람·나라)의; 인근의, 근처의, 인접(隣接)한

135) ĉeval-o * <동물> 말

136) juĝ-i <他>재판(裁判)하다, 심판하다, 처단하다, 판결하다; 판단하다, 비판하다;심사하다, 감정하다

137) aparten-i (al) <自> 속(屬)하다. aparten-laĵo 소속물, 소유물. [자] * ~의 소유이다, ~에 소속하다. * ~의 판단(결정,고려)에 달려있다, ~의 일이다. * 어느 무리의 한 부분이다, 어느 집단의 일원이다.

-내 말은 꼭 들어보세요, 아가씨, 당신은 내가 생각해 둔, 내게 꼭 맞는 이요, 그래서 나는 당신을 아내로 맞이하고 싶소. 하지만 조건 하나가 있어요, 그건 당신이 내가 하는 말에 절대 반대하면 아니 되오. 내가 하는 바에 당신이 반대한다는 말은 하지 않도록 해 주세요.
그렇게 해서, 시간이 흐르고, 그 왕자가 왕이 되어, 그 둘은 평화로이 살았다.
그런데 한 번은 어느 가난한 사람이 그 나라 왕에게 자신의 억울함을 호소하러 왔다.
가난한 사람은 이런 하소연을 했다.
-폐하, 저희 두 사람이 이 도시로 함께 여행을 왔는데, 저는 말을 2마리 끌고, 제 이웃 사람은 소를 2마리 끌고 왔지요. 그런데 제 말 한 마리는 새끼도 따라 왔습니다. 그렇게 우리는 밤낮을 함께 여행을 계속하였습니다. 어느 날 아침에 일어나, 저희가 길을 나서려고 하니, 그 새끼가 동행한 이웃 사람의 소 쪽으로 가더니, 더는 자기 어미에게 오려 하지 않으려는 거예요. 그러자 이웃 사람이 저더러 저 망아지는 자기 것이라며, 그 망아지를 돌려주지 않으려는 겁니다. 폐하, 정당한 판결을 내려 주십시오.
그 왕이 말하였다.
-그런 일이 있었구나. 내가 판단을 해 보겠다. 자네는 일이 그리되면 슬퍼하게 될 거네. 왜냐하면, 내가 보기에도 그 망아지는 그 녀석이 따르는 동물이 속한 그 이웃 사람의 것이 되어야겠네.

Foriris la malriĉulo malgaje, malĝoje, ĉar eĉ ĉe la reĝo mankas[138] justeco,[139] sed en la alia ĉambro la reĝedzino haltigis lin, kaj diris:

- Malriĉulo, mi aŭdis, kian juĝon faris mia edzo. Iru en la arbaron, kie mia edzo kutimas ĉasadi, portu kun vi reton, metu ĝin sur trunkon.[140]

La reĝedzino ankoraŭ diris ion, sed nun tion mi ne malkaŝas, baldaŭ vi ekscios. La malriĉulo iris en la arbaron, portis kun si reton, metis ĝin sur trunkon, kaj li tenis la reton kvazaŭ li fiŝkaptus.

Li eĉ ne sidis unu horon, kiam venis la reĝo. Li rigardis, rigardadis, kion faris la malriĉulo. Li ne povis senvorte elteni kaj demandis:

- Kion vi faras ĉi tie, malriĉulo?

- Mi fiŝkaptas, mia reĝa moŝto.

- Kion vi parolas, malriĉulo, kiamaniere povus havi la trunko fiŝon?

La malriĉulo respondas:

- Tiel, kiel bovo ĉevalidon.

Ekhontis la reĝo.

Tuj li ĝustigis la decidon, redonigis la ĉevalidon al la malriĉulo.

---

138) mank-i <自> 결핍(缺乏)하다, 부족(不足)하다, 없다, 모자라다.

139) just-a 합법적인, 공정(公正)한, 공평(公平)한, 정의(正義)의, 바른, 옳은, 공명정대한. justeco 정의, 공정, 의리

140) trunk-o 나무줄기, 줄기;몸, 몸통; 선체(船體), 기체(機體); 기둥몸, 기둥줄기.

그런데 그 이야기를 옆방에서 듣던 왕비가 그렇게 왕궁을 나가려는 그 가난한 사람을 멈추어 세워, 이렇게 말했다.
-가난한 목동아, 왕께서 그렇게 판단을 내리는 걸 나는 들었다네. 우리 왕께서 사냥을 즐겨 하는 숲이 있는데, 그곳으로 한 번 가 보게. 목동처럼 자네가 그물 하나 들고 가, 그것을 나무 둥치에 펼쳐 두기만 하게.
왕비는 뭔가를 여전히 말해 주었지만, 지금 그 이야기는 내가 발설하면 안 된다. 그러면 여러분은 곧 알게 된다. 그 가난한 이는 왕비가 말해 준 숲 안으로 그물을 들고 가, 어느 나무 둥치를 정했다. 그리고는 그물을 마치 물고기를 잡듯이 그물을 펼쳐 놓았다. 한 시간도 채 기다리기도 전에, 왕이 사냥하러 그곳에 모습을 보이셨단다. 그는 그 가난한 사람이 뭘 하나 보고 또 보고 또 유심히 보았다. 그는 오랫동안 참지 못하고, 그만 궁금해서 말을 걸었다.
-가난한 사람인 자네가 여기서 뭘 하는가?
-저는 물고기를 잡고 있습니다, 폐하
-자네는 무슨 말을 하는가, 가난한 사람, 저 나무둥치와 그물로 어찌 물고기를 잡겠나?
가난한 사람이 대답했다.
-소가 망아지를 대하듯이요, 그렇게.
그 왕은 부끄러워졌다.
곧장 그는 자신이 내린 결정을 바로 잡고는, 그 망아지를 가난한 사람인 주인에게 되돌려 주라고 했다.

Sed li tuj pensis, ke tiun ruzecon[141] instruis al la malriĉulo la edzino.

Reveninte hejmen, tuj li diris kolere al la edzino:

- Nu, edzino, vi kontraŭdiris, kvankam vi ĵuris,[142] ke vi neniam faros tion. Do, vi ne plu havas lokon en mia domo. Reiru al via patro!

La reĝedzino ploris, sed vane ŝi ploris, ĉar la reĝo ne paciĝis.

- Bone - diris la edzino -, mi foriros. Sed kion vi donos al mi pro tio, ke ĝis nun mi estis via edzino?

La reĝo diris:

- Mi donas al vi tion, kio estas la plej kara por vi, nur foriru el la domo.

La reĝedzino tuj eliris, iradis-venadis, preparis sin, poste por lasta fojo ŝi ankoraŭ sidiĝis al la tablo de la reĝo, por lastfoje tagmanĝi en la palaco. Kiam la reĝo rigardis flanken, ŝi miksis dormigilon en lian vinon.

Baldaŭ la reĝo komencis oscedi,[143] fermiĝis liaj okuloj, li kliniĝis sur la tablon kaj ekdormis. La reĝedzino atendis tion, kaj ŝi vokis la servistojn.

Ili portis la reĝon al la kaleŝo, kaj per sesĉevala kaleŝo ŝi vojaĝis hejmen al la patro, al la bovpaŝtisto.

---

141) ruz-a 교활(狡猾)한; 간사한, 꾀많은, 음흉한. ruzo, ruzaĵo 교활, 간계(奸計), 꾀, 트릭, 음흉, 속임수, 계교. ruzi <自> 교활하다, 간계를 피우다, 꾀부리다

142) ĵur-i <他> 맹세하다, 선서(宣誓)하다

143) osced-i <自> 하품하다; 입을 딱 벌리다. oscedo, oscedado 하품.

그런데 왕은 그런 묘수를 그 사람에게 가르쳐 준 사람이 바로 자기 아내인 왕비라는 것도 알게 되었다. 그는 자신의 왕궁으로 돌아와, 자기 아내에게 화를 내며 말했다.
-저기, 여보, 당신은 절대로 나의 말에 반박하지 않기로 맹세했는데, 이렇게 맞서니. 그러니, 당신은 이제 내 집에 있을 필요가 없어요. 이젠 당신 아버지에게 가시오.
그러자 왕비는 울고 울었고, 안타깝게도 또 울었다. 왜냐하면, 왕은 자신의 화를 누그러뜨리지 않았기 때문이었다. 그 왕비가 말했다.
-좋아요, 나는 가겠어요. 하지만 지금까지 내가 당신 아내로 살아온 것에 대해 나에게 뭘 줄 겁니까?
그러자, 왕은 말했다.
-내가 당신에게 가장 소중한 것을 가져가요. 이 집에서 나가기만 해.
왕비는 곧장 그 왕이 있던 자리를 벗어나, 걷고 또 걸었고, 이 왕궁을 떠날 채비를 하였다.
마지막에 그녀는 그 왕의 식탁으로 다시 가서 앉고는 그 왕궁에서 그 왕과의 마지막 점심을 함께했다.
그 왕이 다른 곳을 보는 사이에, 그녀는 왕이 마실 포도주에 수면제를 몰래 타 넣었다.
곧 그 왕은 하품하고, 두 눈이 감기었고, 그만 탁자 위에 쓰러져 잠들게 되었다.
그 왕비는 그때를 기다려 자신의 하인들을 불렀다.
그들은 그 왕을 마차에 태웠다. 마차는 6필의 말이 끌었는데, 그 왕비의 아버지 집으로 향해 갔다.

Vekiĝante[144] en la domo de la bovgardisto, la reĝo ĉirkaŭrigardis, kaj mire demandis:

- Kiel mi venis ĉi tien?

- Mia kara edzo, vi diris al mi: mi povas kunpreni la plej karan por mi. Por mi vi estas la plej kara, do mi kunprenis vin.

Tuj forflugis la kolero de la reĝo, ĉirkaŭbrakumis, kisis la edzinon. Ili sidiĝis en la kaleŝon, vojaĝis hejmen, kaj vivis ĝis la morto kune kiel kolomboj.[145]

---

144) vek-i <他> (사람을) 깨우다, 일으키다 (잠에서) ; 각성(覺醒)시키다, 깨닫게 하다 ; (기억을) 환기(喚起)시키다. veko 환기(喚起), 각성(覺醒). vekiĝi 깨어나다, 일어나다, 깨우치다 ; 발생(發生)하다.

145) kolomb-o 비둘기(鳩)

목동의 집인 자신의 처가에서 잠에서 깨어난 왕은 주변을 둘러보고는 깜짝 놀라며 물었다.
-어찌 내가 이곳에 왔어요?
-나의 사랑하는 남편, 당신은 내게 말했지요. 내가 나를 위해 가장 귀한 것을 가져가도 된다고. 내겐 당신이 가장 소중하고 귀하니, 그러니 나는 당신을 여기로 데려왔어요. 나는 당신과 함께 여기서 살겠어요.
그 말을 들은 왕은 자신의 화가 어느새 어디론가 날아가버렸다.
그들은 서로 껴안고, 왕은 자기 아내에게 키스하였다.
그러고는 그들은 다시 마차를 타고서 왕궁으로 돌아왔다. 그리고 그 둘은 비둘기처럼 함께 죽을 때까지 잘 살았다고 해요.

LA ORA BASTONO

Vivis iam maljuna reĝo, kiu havis tri filojn.

La knaboj interkonsentis, ke ili foriros vagadi en la mondo, ĉiu el la tri al malsama direkto.

La plej maljuna diris, ke li iros al okcidento, ĉar tie estas oraj arboj kaj li ŝiros[146] de tiuj orajn foliojn.

La meza diris, ke li iros al nordo, kaj de tie li kunportos juvelŝtonojn.

La plej juna diris, ke li tute ne bezonas valoraĵojn, do li iros al la maro por vidi, aŭdi, lerni ion.

Vere ekiris la tri knaboj al tri direktoj: la plej juna ekvojaĝis sur la maro en granda ŝipo.

Sed la ŝipanoj jam vojaĝis tutan jaron, kaj ankoraŭ ne vidis teron.

Ili jam ne havis manĝaĵojn kaj preskaŭ malsatmortis.

Fine ili atingis la bordon de la maro.

Sur klifa[147] loko ili elŝipiĝis.

La reĝido ekiris vagi, vagadi, ne sciante kien, ĝis pro la turmenta malsato kaj laciĝo li falis sur roko kaj ekdormis.

La reĝido dormis unu tagon, du tagojn, eble pli, kaj subite li sentis, ke iu karesas liajn vangojn.

---

146) ŝir-i <他> 찢다, 째다, 잡아뜯다; 할퀴다; 꺽다; 잡아채다, 벗기다; 벗겨지게하다; 몹시 아프게 하다.

147) klif-o 절벽(絶壁),낭떠러지, 벼랑.

황금 방망이

옛날 옛적에 아들 셋을 둔 나이 많은 왕이 살고 계셨단다. 그 아들 셋이 아직 소년이었을 때, 각자 이 세상을 한번 여행해 보기로 하고, 세 소년이 각자 다른 방향으로 나아갔단다. 장남인 아들은 '나는 서쪽으로 가겠다' 며, 그곳에 황금 나무가 있고, 나는 그 나무의 황금잎을 잘라 오겠다고 했단다. 가운데인 둘째 아들은 '나는 북쪽으로 가 보겠다' 며, 그곳에서 보석을 구해오리라 약속했다. 막내 아들은 자신에게는 귀금속은 필요 없다며, 다만 바다로 가서 뭔가 보고, 듣고 배워 오겠다고 했단다. 그래서 정말 그 세 왕자는 각자 원하는 방향으로 출발했단다.

가장 어린 왕자는 큰 배를 타고 바다 여행을 시작했다. 그렇게 시작한 여행에 함께한 그 배의 선원들은 이미 한 해 동안 여전히 땅을 보지 않은 채 항해하고 있었다. 그 배에 탄 일행은 이젠 가지고 다니던 먹거리를 소진해, 거의 굶어 죽기 일보 직전이었다.

그래서 결국 그들은 어느 해변에 정박해야 했다. 가파른 절벽에 배를 정박하고는 그들은 배에서 내렸다.

그때 왕자도 내려, 그곳이 어딘지도 모른 채 주위를 여기저기 다니다가, 그 또한 배가 고프고, 지치기도 하여 어느 바위 위에서 그만 쓰러져 그곳에서 잠이 들어버렸다. 그 왕자가 하루 내내 잠만 자고, 다음 날에도 자고, 아마 더 많은 날도 잠에 빠져 있었다. 그런데, 갑자기 그는 누군가 그의 뺨을 다정하게 만지는 것을 느꼈다.

Li malfermis la okulojn, kaj jen staris antaŭ li belega feino.[148]

Tiel bela ŝi estis, ke ŝia beleco kvazaŭ blindigis la okulojn.

La feino demandis:

- Kiel vi venis ĉi tien?

La reĝido rakontis, kio okazis.

- Nu - diris la feino -, venu al mia patrino, eble ŝi donos manĝaĵon al vi, kaj ankaŭ al viaj kunuloj.

Ili iris hejmen, kaj la reĝino de la feinoj - ĉar tiu estis la patrino de la feino - prenis el la kesto rozkoloran tukon[149] kaj diris:

- Feintuko, mi ordonas: manĝo, trinko vin plenkovru!

Tuj pleniĝis la tuko per manĝaĵoj kaj trinkaĵoj.

Oni donis amase ĉiuspecajn mangaĵojn kaj trinkaĵojn al la reĝido por porti tiujn ankaŭ al la kunuloj.

La reĝido dece dankis al la reĝino de la feinoj pro la bonkoreco, adiaŭis de ŝi kaj precipe de la filino, kaj diris fervore:

- Reĝidino de feinoj, mi ankoraŭ revenos, kaj tiam mi kunportos vin.

- Venu, venu - ŝi rediris -, kaj mi iros kun vi.

---

148) fe-o 요정(妖精). 작은 신선(神仙) feaĵo 요술. feino 선녀(仙女).여자 요정

149) tuk-o (한 조각의)천(布).

그래서 그가 눈을 떠 보니 그 앞에는 아주 아름다운 요정이 서 있지 않은가.
요정의 모습이 정말 아름다워, 그 아름다움에 그 왕자의 두 눈은 눈이 멀 지경이었다. 그 요정이 물었다.
-어찌하여 당신은 여기 와 있어요?
왕자는 지금까지 있었던 일을 이야기해 주었다.
-그렇군요, -요정이 말했다.
-그럼 저희 어머니께 가요, 아마 어머니가 당신에게 또 당신의 선원들에게도 먹거리를 좀 줄 겁니다.
그래서 그들은 그 요정의 집으로 갔고, 그 요정들의 여왕이 -왜냐하면 그분이 바로 그 요정의 어머니였으니,- 옷장에서 장미색의 수건을 꺼내 이렇게 말했다.
-요정 수건아, 네게 명령한다. 먹거리, 마실 것을 네가 충분히 채워라!
곧장 그 수건은 먹거리와 마실 것으로 채워졌다.
요정 나라 사람들은 온갖 종류의 음식과 음료수를 그 왕자에게 주고, 그것들을 같이 온 선원들이 들고 가도록 해 주었다. 왕자는 예의 바르게 요정들의 여왕에게 선의를 베풀어 주신 것에 감사하고, 그 여왕과, 특히, 그 딸에게 작별 인사를 하면서, 열정적으로 이런 말을 덧붙였다.
-요정들의 공주님, 저는 또 오고 싶습니다, 그때 저는 당신을 모시고 가고 싶습니다.
-와요, 또 와요. 내가 당신과 함께 가겠어요. 그 공주가 답했다.

Kaj por ke la reĝido ne forgesu ŝin, ŝi donacis al li la feintukon.
La reĝido veturis plu per la ŝipo, ĝis ili atingis insulon.
Li iris al la insulo, metis la feintukon sur la teron kaj diris:
- Feintuko, mi ordonas: manĝo, trinko vin plenkovru!
Tuj ekestis manĝaĵoj, trinkaĵoj kaj li komencis manĝi. Kiam li manĝis, venis al li maljunulino kaj forte petis lin, ke li donu almenaŭ buŝplenon da manĝaĵo.
La reĝido diris:
- Nur sidiĝu, onklino mia, manĝu, trinku trankvile, ja estas ĉi tie ĉio!
La maljunulino sidiĝis, manĝis el la bonaĵoj, poste stariĝis kaj jen, ŝi ne plu estis maljunulino, sed fariĝis belege bela feino. Ŝi diris al la reĝido:
- Ĝoju, ke vi donis manĝi al mi, ĉar sen tio la tuko jam ne estus la via. Sed ĉar vi estis tiel bona al mi, prenu tiun buntan[150] mantelon.[151] Skuu[152] tiun mantelon, kaj en tiu loko, kien elfalos el ĝi verda peco, ekestos belega ĝardeno, kien falos blua peco, tie estos lageto, kien falos blanka peco, tie estos granda palaco.

---

150) bunt-a　다색(多色)의, 잡색(雜色)의(=diverskolora, varikolora).
151) mantel-o　망토, 외투; 여자외투; 가면구(假面具); 구실(口實), 핑계; <建> 벽로의 장식.
152) sku-i　<他> 흔들다, 흔들어 움직이다, 뒤흔들다, 동요시키다; 놀래다

또 공주는 왕자에게 그녀 자신을 잊지 말라며 그 요정이 쓰던 수건을 선물로 주었다.
왕자는 배를 타고 더욱 앞으로 나아갔고, 그 일행은 어느 섬에 다다랐다. 그는 그 섬에 가, 그 요정 수건을 그 땅에 내려놓고는 이렇게 말했다.
-요정 수건아, 명령한단다. 먹거리와 마실 거리로 너를 채우도록 하라!
곧장 먹거리와 마실 것들이 준비되어, 그는 먹기 시작했다.
그가 먹고 있을 때, 그에게 어떤 할머니가 와서, 적어도 입을 적실 음식이라도 줄 수 있는지 물었다.
-앉기만 하세요, 할머니, 편안히 이 음식을 먹고 또 마셔요, 여기엔 모든 것이 다 있답니다!
할머니는 곁에 앉아, 좋은 음식들을 먹고는 자리에서 일어났다. 그러면서 그녀는 더 이상 할머니가 아니라며, 아주 아름다운 요정으로 변하는 것이 아닌가. 그 요정이 그 왕자에게 말했다.
-당신이 나에게 먹을 것을 준 것으로 기뻐하세요. 만일 그게 없었다면, 이 수건은 더는 당신의 것이 될 수 없었을 겁니다. 그런데 당신은 내게 그렇게 착하게 행동했으니, 이 3색 망토도 드릴게요. 이 망토를 흔들어 초록 조각이 떨어져 나오면 그 자리에 아름다운 정원을 만들어 줄 겁니다. 또 그 정원에서 이 망토를 흔들어 푸른 조각이 떨어져 나오면, 작은 호수가 만들어지고, 또 한 번 이 망토를 흔들면 하얀 조각이 떨어져 나와 큰 궁전이 될 겁니다.

Sed se vi kunfrapos viajn manplatojn kaj diros: ĝardeno, lago, palaco for, fariĝu denove mantelo - ĉiuj tri malaperos.
La reĝido dankis pro la bela donaco, reiris al la ŝipo kaj ili veturis plu.
Poste ili atingis novan insulon.
La reĝido eliris ankaŭ al tiu insulo, denove metis la tukon sur la teron, kaj komencis manĝi.
Kiam li ekmanĝis, aperis maljunulo kaj petis lin pro Dio doni ion al li.
La reĝido donis ankaŭ al li bonkore, ili manĝis, trinkis, estis ĝojaj.
- Nu, reĝido - diris la maljunulo - pro bonfaro atendu bonfaron. Prenu, mi donas al vi tiun ĉi oran bastoneton. Rigardu, ĉe ĝia fino estas arĝenta butono.[153] Se vi ĝin ektordos, vi devos nur ordoni kaj elmarŝos[154] el ĝi tiom da husaroj[155] kaj soldatoj, ke ili plenigos tutan landon. Kaj se vi jam ne bezonos ilin, nur ordonu: reen kaj ili ĉiuj reiros en la bastoneton.
Tuj turnis sin hejmen la reĝido, li ne vagadis plu.
Nur ĉe tiu loko li haltis, kie loĝis la reĝidino de feinoj. Li prenis ŝin al la ŝipo kaj portis ŝin en la landon de sia patro.

---

153) buton-o 단추, 단추 비슷한 물건.
154) marŝ-i <自> 행진하다, 진군(進軍)하다, 행군(行軍)하다, 전진(前進)하다, 보행(步行)하다.
155) husar-o (헝가리의) 경기병(輕騎兵).

그러고 만일 두 손으로 박수를 한 번 치고, 이렇게 말하기만 해요. 즉, 정원, 호수, 궁전은 모두 사라져라 라고 하면 다시 이 3색 망토로 되돌아올 겁니다. 그러면 그 셋은 사라지게 될 거예요.
왕자는 그 아름다운 선물에도 고마움을 표시하고는, 다시 그 일행은 다시 배로 돌아가 여행을 계속했다. 그러고 나중에 그들은 새로운 섬에 도착했다. 왕자는 그 섬에도 올라가서는 다시 땅 위에 요정 수건을 내려 놓고 먹기를 시작했다. 그가 먹기 시작할 때 어떤 할아버지가 다가와, 신에 맹세코, 뭔가 그에게 먹을 수 있도록 간청했다. 그 왕자는 그에게도 기분 좋은 마음으로 먹도록 했고, 그들은 서로 마시고, 먹고, 유쾌하게 지냈다. 그렇게 먹은 할아버지가 말했다.
-그래, 왕자님, 그렇게 선의를 베푸시니 선의로 보상받을 겁니다. 이걸 가져요. 내가 이 금방망이를 주겠어요. 자, 봐요, 이 방망이 끝에 은단추가 있어요. 만일 당신이 이걸 비틀어 명령만 하면 그 안에서 원하는 만큼의 말을 탄 기사와 군인이 나타나, 그들이 이 나라를 다 채울 겁니다. 만일 그들이 필요 없으면, 이렇게, 다시 너희들은 모두 저 방망이 속으로 돌아가라 하면 그 명령을 따를 겁니다.
곧장 왕자는 여행의 방향을 돌려 집으로 향하고는 더는 여행하지 않았다. 그렇게 돌아오는 길에 오직 한 곳에만 그가 멈춰 섰는데, 요정들의 공주가 사는 곳이었다. 그 공주를 자신의 배에 태워, 그 왕자는 아버지 나라로 돌아왔다.

Sed la lando jam ne plu apartenis al lia patro.
Ĝuste kiam la ŝipo atingis la bordon de la maro, venis kure la maljuna reĝo, kaj jam de malproksime li kriis al la reĝido:

- Reen, filo mia, reen, ni iru nur tien, de kie vi venis, ĉar la malamiko forprenis mian landon.
- Mi ja ne iros reen - diris la reĝido kaj eliris el la ŝipo.

Li ektordis la arĝentan butonon sur la ora bastoneto, kaj jen, kvazaŭ fluis el ĝi amaso da husaroj kaj soldatoj, eĉ la tero tremis sub iliaj piedoj.
Kaj ili forigis la malamikojn, eĉ heroldo[156] ne restis el tiuj.
Tiam la reĝido elektis belan, grandan lokon kaj tie li skuis la mantelon.
El la verda peco fariĝis belega verda ĝardeno, el la blua peco bela ronda lago, kie naĝis oranasoj, el la blanka peco fariĝis diamanta[157] palaco, tiel belega, ke el foraj landoj oni venis por admiri ĝin.
Hej, ĝojis ja la maljuna reĝo!

- Vidu, vidu - li diris -, tamen estis vi, kiu portis la plej valoran aĵon, mia kara filo.

156) herold-o 전령관(傳令官), 전례관(典禮官); 포고자(佈告者), 보도자(報道者), 사자(使者). heroldi <他> 전달하다, 전포(傳佈)하다, 보고하다, 통지하다.
157) diamant-o <광물> 다이아몬드, 금강석.

그러나 그 나라는 이제 그의 아버지 땅이 아니었다. 배가 그 나라의 해안에 닿았다. 그러자 늙은 아버지가 달려오면서 벌써 저 멀리서도 그 왕자를 큰 소리로 불렀다.
-돌아가거라, 내 아들아, 지금 너희들이 왔던 곳으로 돌아가거라. 이젠 너희가 왔던 곳으로만 갈 수 있어. 왜냐하면, 이 나라는 적군에게 빼앗겨버렸어.
-저는 돌아가지 않을 겁니다.
그 왕자는 말하고는 배에서 내렸다. 그는 황금 방망이에 달린 은으로 만든 단추를 비틀자, 그 안에서 수많은 말을 탄 기사들과 병정들이 나왔고, 땅조차도 그들 발 아래 떨고 있었다.
이제 그들이 적군을 모두 몰아내고, 그 소식을 전할 적군의 전령마저도 남겨 두지 않고 모두 물리쳤다. 그때 그 왕자는 아름답고 웅장한 자리를 정해, 그곳에서 그는 자신이 지녀 온 망토를 흔들었다. 그러자 초록 조각에서 아주 아름다운 초록 정원이 나오고, 푸른 조각에서 아름다운 둥근 호수가 생기고, 그 안에는 황금 오리들이 헤엄치고 있고, 하얀 조각을 통해 다이아몬드로 된 궁전이 만들어졌다. 그렇게 아름답게 그 궁전이 만들어졌으니, 저 먼 나라들에서도 그 궁전을 한번 보고 싶어 찬미하러 올 지경이 되었다.
어떻게, 그 늙은 왕은 기쁘지 않았겠는가!
-이보게, 이보게, 그 왕은 말했다.
-그래도 가장 귀한 물건을 가져온 것은 너로구나. 나의 귀한 아들아.

Via plej maljuna frato alportis oran folion, sed la malamiko forprenis ĝin, la alia frato ŝipon plenan de ĉiuspecaj juvelŝtonoj, sed ankaŭ tion forprenis la malamiko.
Vi portis nur bastoneton, mia kara, kaj jen, vi savis la landon.
Sed tamen iom konsterniĝis la maljuna reĝo.
Kion ili faros per tiom da soldatoj? Li diris al la reĝido:
- La landon ni ja havas, sed ĉion pereigos[158] la soldatoj.
- Ne malĝoju, patro - respondis la reĝido -, ni ne bezonos nutri[159] ilin.
Kaj tuj li ordonis al la soldatoj: Reen! - kaj kun granda trumpetsono ili revenis en la bastoneton.
Nu, la maljuna reĝo ne plu havis kaŭzon malĝoji.
Tuj ili faris grandan edziĝfeston, oni geedzigis la reĝidon kaj la feinon. La ciganoj[160] muzikis, sep tagojn kaj sep noktojn daŭris la festeno.
Ili eĉ nun vivas, se intertempe ili ne mortis.

---

158) pere-i <自> 죽다, 사망(死亡)하다 ; 멸망(滅亡)하다, 소멸(消滅)하다. pereema 죽기 쉬운, 오래가지 못하는, 망가지기 쉬운, 깨지기 쉬운. pereiga 치명적인. pereigi 사망[멸망,소멸]케하다.
159) nutr-i <他> (동물에게) 먹을 것[모이]을 주다; (어린이,환자 등에게) 음식을 주다; (아기에게) 젖먹이다, 기르다, 양육하다; (재능 등을) 양성하다; (질투,원한 등을) 조장(助長)하다; (희망 등을) 품다.
160) cigan-o [OA] 집시, 유민(遊民), 낭자(娘子), 유랑민(流浪民)《유럽 각지에 흩어져 사는 유랑 민족》

너의 큰 형은 황금 나뭇잎을 가져 왔지만, 그걸 적군에게 모두 뺏겨버렸고, 둘째 형이 수백 가지의 보석이 가득 담긴 배를 가져 왔지만, 그것도 적군에게 다 뺏겨버렸어. 너는 방망이만 들고 왔는데도, 얘야, 이제 이 나라를 구했구나.
그럼에도 좀 더 깜짝 놀란 것은 그 늙은 왕이었다.
그들은 그 많은 군인을 어찌해야 할지 몰랐다.
그 왕은 그 왕자에게 물었다.
-우리가 나라를 되찾았지만, 앞으로 저렇게 많은 군인이 이 모든 것을 망치겠구나.
그 왕자가 대답했다.
-슬퍼하지 마세요, 아버지. 우리가 저들을 먹여 살릴 필요가 없습니다.
그리고 곧 그는 그 군인들에게 명령하였다.
“다시 돌아가게!”
그러자 큰 트럼펫 소리와 함께 그들은 그 방망이 속으로 들어가 버리는 것이 아닌가. 그래서, 그 늙은 왕은 더 슬퍼할 이유가 없었다.
곧장 그들은 그 막내 왕자와 요정 공주를 위한 대단한 결혼식을 열었고, 그렇게 그 왕자와 요정은 결혼하게 되었단다.
집시들이 악기를 연주하고, 일곱 날 일곱 밤 동안 그 축하연은 계속되었단다.
그들은 지금도 살고 있단다. 만일 그들이 그사이 죽지 않았다면.

LA REĜIDINO DE SUNSUBIRLANDO

Ĉu estis, ĉu ne estis, ie kie la suno subiras, vivis iam reĝo. Oni nomis la landon de tiu reĝo Sunsubirlando, ĉar en tiu lando oni vidis la sunon neniam leviĝi, nur subiri.

Tiu reĝo havis filinon, kiu estis tiel bela, ke oni venis ŝin admiri el ĉiuj anguloj de la mondo. Oni venis tamen ne nur admiri ŝin: volontege ŝin edzinigus eĉ la plej famaj reĝidoj kaj princoj. Sed la reĝo anoncis dise kaj vaste, ke li donos sian filinon nur al tiu, kiu duel e[161] venkos la ruĝan bravulon.

La reĝo ĉiam timis la ruĝan bravulon, ke iam tiu forprenos lian landon; pro tio li deziris havi bravan bofilon, kiu okaze venku la ruĝan bravulon.

Venis are reĝidoj, princoj kaj ĉiarangaj[162] junuloj, ili provis sian ŝancon, sed vane, ĉar la ruĝa bravulo estis pli forta ol ili, kaj dum sola jaro li mortigis naŭdek naŭ bravulojn.

La reĝo anoncis ĉie kaj ĉie, ke venu tiuj, kiuj havas inklinon por liaj filino kaj lando, sed vane!

La malfeliĉa reĝidino ploris, ploregis tage-nokte, ke pro la ruĝa bravulo ŝi restos fraŭlino dum la tuta vivo.

---

161) duel-o [OA] 결투
162) rang-o 순위, 품급(品級), 관등(官等), 계급; 신분; 지위(地位); 등급

해가 지는 나라의 공주

그런 일이 있었든지, 그런 일이 없었든지 간에, 해가 지는 나라에 왕이 살았단다. 사람들은 그 왕이 통치하는 나라를 '해가 지는 나라'라고 이름을 지었다. 왜냐하면, 그 나라에서는 사람들이 해가 한 번도 떠오르는 것을 본 적이 없고, 오로지 지는 것만 보았기 때문이다. 그 왕에게는 아주 아름다운 딸이 하나 있었다. 이 세상의 방방곡곡에서도 그 공주를 찾아와 그 아름다움에 찬사를 보냈기 때문이다. 그러나 그렇게 오는 사람 중에는 그 공주를 찬미하기 위해 오기도 하지만, 그 공주와 결혼할 생각으로 오는 유명한 왕자들이나 왕손들도 있었다. 하지만 왕은 자신의 딸을 용감한 붉은 용사와 싸워 이기는 자에게만 주겠노라고 선포했다.
왕은 늘 자신의 땅을 그 붉은 용사가 언젠가 뺏어 갈지 모른다고 겁이 나 있었다. 그 때문에 그는 용감한 사위를 보기를 원하고, 그 사위가 되려면 반드시 그 붉은 용사를 이겨야 한다고 했다. 그래서 세상의 모든 청년, 왕자, 왕손이 무리를 지어 찾아와서는 그들이 자신의 기회를 시험했다. 하지만, 그 붉은 용사는 그들보다 훨씬 강했고, 그해 한해만 해도 그 붉은 용사는 아흔아홉 명의 용사들을 물리쳤다. 왕은 전국에 다시 알리기를, 자신의 땅과 딸을 관심 두는 이라면 누구라도 나서 달라고 요청했으나, 결국 헛일이 되어버렸다. 불행해진 공주는 그 붉은 용사 때문에 평생 결혼 못 하고 아가씨로 남아야 한다며 밤이고 낮이고 울먹였다.

Multe cerbumis, malĝojis ankaŭ la reĝo, kion li faru? kaj foje li elpensis ion; li ordonis al la ĉambristino vesti la reĝidinon per ŝia plej bela vestaĵo, kaj samtempe li vokis la kortegan pentriston, ke tiu pentru lian filinon.

La reĝidino estis vestita per ore-diamante ornamita vestaĵo, kaj la pentristo pentris ŝin. Oni enkadrigis[163] la bildon, kaj skribis sub ĝi:

"La filino de la reĝo de Sunsubirlando. Kiu volas edziniĝi tiun ĉi reĝidinon, tiu venku la ruĝan bravulon, kaj li gajnos la reĝidinon kaj Sunsubirlandon."

Tion oni skribis sub la bildo, kaj la reĝo ordonis pendigi ĝin al la loko de unu el siaj fideluloj,[164] kaj diris al li:

- Iru kun tiu ĉi bildo, kaj ne revenu, antati ol vi trovos homon, kiu aĉetos ĝin de vi. Sed diru al li, kiu ajn li estu, ke li aĉetu tiun ĉi bildon nur se li tuj venos al mia lando por dueli kun la ruĝa bravulo.

Ekiris la fidelulo de la reĝo kun la bildo, li trairis landon post lando, multloke oni haltigis lin, primiris la bildon, sed kiam oni eksciis, ke por tiu ĉi belulino oni devas dueli kun la ruĝa bravulo, eĉ la plej kuraĝaj homoj flankentiris sin.

---

163) kadr-o 틀,테두리, 배경(背景), 환경; 간부(幹部). kadri, enkadrigi <他>틀에 넣다[끼우다].

164) fidel-a 충실한, 충의(忠義)의, 성실한, 신뢰할 만한; (기사 · 번역 등) 정확한, 진실한; fideleco 의리, 신실; la fideluloj 성도(聖徒), 신도

고민에 고민을 거듭하고, 슬퍼하기는 그 왕도 마찬가지였으니, 이를 어찌한담? 그래서 한번은 그는 뭔가를 생각했다. 그는 옆에서 시중을 드는 하인에게 공주를 가장 예쁜 옷으로 입혀 놓으라고 명령을 내리고, 동시에 자신의 궁정 화가에게 공주 초상화를 그리도록 했다. 공주는 황금과 다이아몬드로 가득한 화려한 옷을 입고서, 자신의 초상화를 그 궁정화가가 그녀를 그리도록 허락했다.
왕은 그 초상화에 틀을 만들어, 그 아래에 이렇게 쓰라고 했다. "해가 지는 나라의 공주. 이 공주와 결혼하고 싶은 이는 누구든지, 붉은 용사를 이기고 오면, 그에게 이 공주와 이 나라를 주겠노라."
그렇게 그 왕은 공주 초상화 아래에 그렇게 설명을 달고는, 자신의 신임하는 사람 중 한 사람에게 이 초상화를 들고 이 세상을 한 바퀴 돌아보라고 명령을 내렸다.
-이 그림을 가지고 전국을 돌아라, 이 그림을 사겠다는 사람을 찾기 전에는 돌아오지 마라. 그중에 어떤 자가 그 붉은 용사와 결투하러 곧장 온다면서 이 그림을 사겠다는 이가 있으면, 그가 누구인지를 알아 오너라. 그래서 왕의 신임을 받은 그 신하는 그 초상화를 들고, 이 나라 저 나라로 여행을 했고, 많은 곳에서 그는 멈춰 섰다. 사람들이 그 그림을 보며 감탄하였지만, 이 미인을 얻으려면 그 붉은 용사와 결투해 이겨야 한다는 조건을 듣고서는 가장 용감한 사람들조차도 자신의 관심을 철회했다.

Kaj la fidelulo de la reĝo marŝis plu, li marŝadis tiom, ke fine li atingis Sunleviĝlandon, kaj tie la urbon de la reĝo de Sunleviĝlando.
Li trafis en la urbon ĝuste dum festotago.
La popolo ĉirkaŭis la fidelulon de la reĝo, admiris la bildon, sed poste tuj iris plu.
Trapasis tie ankaŭ la reĝo kun siaj korteganoj, ili rigardis la bildon kaj foriris.
Poste venis la reĝido, ankaŭ li haltis antaŭ la bildo, li rigardis ĝin, liaj okuloj komencis vibri, kaj ekpense diris li al la fidelulo de la reĝo:
- Portu tiun ĉi bildon en mian palacon; mi pagos por ĝi, kiom vi volas.
La fidelulo de la reĝo diris:
- Reĝida moŝto, facile vi pagos ĉi tiun bildon per mono, ĉar ĝi kostas nur unu oran monon, sed kiam vi aĉetis ĝin, vi devos veni kun mi al Sunsubirlando, kaj tie dueli kun la ruĝa bravulo.
- Do portu ĝin - diris la reĝido -, mi pretas dueli eĉ kun la dudek-du-kapa drako, ne nur kun la ruĝa bravulo.
La fidelulo portis la bildon en la palacon, kaj tie metis ĝin sur tablon.
Tiam la reĝido sidiĝis antaŭ la bildo, kaj ne forprenis la okulojn de sur ĝi.

그래도 그 신하는 끊임없이 나아갔고, 그만큼 나아가니, 마침내 그는 '해가 뜨는 나라'에 다다랐고, 그곳에서 '해가 뜨는 나라'의 왕이 사는 도시로 갔다. 그가 그 도시로 간 날이 마침 그 도시의 축제일이었다. 그 도시 사람들은 그림을 들고 다니는 신하를 둘러싸고 그 그림을 보고 찬탄을 아끼지 않았지만, 그는 더 걸어갔다. 나중에 그는 그 나라 왕이 자기 신하들과 함께 그 도시에서 거닐고 있는 곳에도 갔다. 그곳에서도 그 왕국 사람들이 그 그림을 보고는 떠나 가버렸다.
나중에 왕자 한 사람이 왔는데, 그도 그 그림 앞에 서서는 그 그림을 오랫동안 바라보더니, 그의 두 눈이 반짝거리기 시작했고, 나중에 한참 생각하더니, 그 신하에게로 다가가 말했다.
-이 그림을 제 궁전에 가져가고 싶습니다. 제가 당신이 원하는 대로 그 그림 값을 치르겠습니다.
그 왕의 신하는 말했다.
-왕자님, 쉽게 돈으로 이 그림의 대가를 치를 수 있습니다. 왜냐하면, 그것은 금화 한 닢이면 될 수 있지만, 만일 당신이 이 그림을 사면, 그때는 저와 함께 '해가 지는 나라'로 가야 하고 그곳에서 그 붉은 용사와 결투해야만 합니다.
그러자 그 왕자가 말했다.-그래도 이 그림을 주십시오.
그 신하는 그 그림을 그 궁전까지 가져가, 그곳의 어느 탁자 위에 옮겨 주었다. 그때 왕자는 그 그림 앞에 앉아서 그 그림에서 두 눈을 떼지 못했다.

Li nur rigardis, rigardadis ĝin, kaj tiel forte ĝemadis, ke la palaco preskaŭ disfalis.
Intertempe lia patro alvenis hejmen, kaj li ne povis imagi, kie estas lia filo. Oni metis la tablon por manĝo, atendis, atendadis la reĝidon, sed li ne venis eĉ por tagmanĝi. Oni sendis por li lakeon, sed la reĝido forpelis tiun:
- Foriru, mi estas malsana.
La lakeo kuris time al la reĝo, kaj raportis, kion diris la reĝido; la reĝo ektimis, kuris al la filo kaj demandis lin:
- Kio okazis al vi, filo mia?
La reĝido diris:
- Mi estas malsana, patro. Rigardu tiun bildon, ĝi estas mia malsano.
- Aj, filo, tio estas vere grava malsano. Mi vidis la bildon, ankaŭ legis la subskribon, sed mi scias, ke tiu ruĝa bravulo mortigis jam naŭdek naŭ bravulojn. Forigu el via kapo tiun ĉi bildon, ĉar alie vi fariĝos la centa.
La reĝido diris:
- Ne gravas, patro, estu do mi la centa, tamen mi duelos kun la ruĝa bravulo.
La reĝo kontraŭparolis la intencon de la filo, sed kvazaŭ li ĵetadus pizojn al muro.

그는 그 그림을 보고, 또 보고는, 그렇게 강렬하게 한숨을 내쉬자, 궁전이 거의 흔들릴 지경이었다. 그러는 사이에 그의 아버지도 자신의 궁전으로 돌아왔다. 그 아버지는 자기 아들이 어디에 있는지 상상도 할 수 없었다. 궁전의 사람들은 식탁에 식사 준비해 놓고, 그 왕자를 기다리고 기다렸지만, 그 왕자는 점심 식사하러 오지도 않았다. 사람들은 그를 위해 하인을 보냈으나, 그 왕자가 그를 내쫓아 버렸다.
-저리 가게, 나는 배고프지 않아.
하인이 왕에게 두려움으로 달려갔다. 그리고 왕자가 말한 바를 보고드렸다. 왕은 걱정이 되어, 그의 아들이 사는 곳으로 달려와, 물었다.
-아들아, 네게 무슨 일이 있느냐?
왕자가 말했다.
-저는 배고프지 않습니다. 아버지. 저 그림을 자세히 보세요. 저게 제가 가진 병입니다.
-아이쿠, 아들, 그것은 중대한 병이네. 나도 이 그림을 보았고, 저곳에 쓰인 글도 읽었지. 하지만 나는 저 붉은 용사가 이미 아흔아홉 명의 용사를 죽였다는 것을 알고 있어. 네 머리맡에서 저 그림을 치워버려, 왜냐하면 그렇지 않으면 네가 백번째가 될 것이야.
그 왕자는 말했다.
-걱정하지 마세요, 아버지. 제가 백번째가 될게요. 그래도 저는 그 붉은 용사와 결투할 겁니다.
왕이 아들의 의도를 알고 이를 반대하려 해도, 이는 마치 왕이 벽을 향해 완두콩을 던지는 격이었다.

Ĉiuj liaj argumentoj[165] refalis senpovaj.

- Nu, filo mia - fine diris la reĝo -, mi vidas ke vi ne plu eltenos reste, do venu, almenaŭ mi donu al vi ĉevalon, kia ne pli ekzistas en tiu ĉi mondo.

Ekiris la reĝo, la filo post li, sed la reĝo kondukis la filon ne en la stalon,[166] sed en la kelon.[167]

Ili malsupreniris sur sepdek sep ŝtupoj, poste trairis la kelon, kaj en ĝia fora angulo malgajis kaduka[168] ĉevalaĉo: apenaŭ la kruroj tenis ĝin.

- Jen, tiu ĉevalo, filo mia.

La reĝido diris:

- Patro, ne ŝercu kun mi, ja mia animo tre malsanas.

Sed tiam ekparolis ankaŭ la ĉevalo:

- Aŭdu, reĝido, via patro ne parolis ŝercaĵojn, nur bone nutru min dum semajno, vi vidos, ke vi havos la plej bonan ĉevalon en la mondo.

La reĝido ĝoje supreniris el la kelo, kaj mem li portis fojnon al la ĉevalo.

Sed la magia ĉevalo nee skuis la kapon:

- Ne tiaĵojn mi manĝas, reĝido.

---

165) argument-i <自> 논증(論證)하다, 변론(辯論)하다, (이유 · 증거가 되는 것을) 표시하다, 증명하다. argumento 논증, 증빙

166) stal-o 마구간, 외양간. stalisto 마부.

167) kel-o 지하실, 식료품 창고《특히 포도주 창고》.

168) kaduk-a (집 따위의) 황폐(荒廢)한, 무너져 가는, 찌부러진, 낡아빠진, (가구. 옷차림 따위가) 초라한, 없어져 가는, 노쇠한, 낡은; <醫>=senila; <動>탈락성(脫落性)의; <植>조락성(凋落性)의; <法> 무효의, 실효의.

모든 그의 반대는 아무 소용없이 바닥으로 떨어져 버렸다. 왕은 마침내 말했다.
-그래, 얘야, 하지만, 네가 더는 여기에 남는 걸 참지 못한다고 하니, 그럼, 갔다 오너라. 적어도 나는 네게 말을 한 필 주겠다. 그 말은 이 세상에 둘도 없이 존재하는 말이네.
그래서 왕이 앞장서고, 그 뒤에 아들이 따르고 하여, 왕은 아들을 자신의 마구간이 아니라, 자신의 지하창고로 데려갔다.
그들은 일흔일곱 개의 계단을 내려가, 이제 그 지하창고를 지나니, 그 창고의 가장 먼 모퉁이에 깡마른 말 한 마리가 우울하게 있었다.
그 말은 자신의 다리로 겨우 지탱하고 있는 듯하였다.
그 왕이 말했다. -그래, 바로 이 말이란다, 아들아.
왕자가 말했다. -아버지, 저를 놀리지 말아 주세요. 정말 저의 영혼은 매우 아픕니다.
그러나 그때 그 말이 이렇게 말하는 것이 아닌가.
-들어보세요, 왕자님, 대왕께서 당신께 놀리려고 말씀하지 않았습니다, 저를 한 1주일간만 잘 먹여 보세요, 그러면 왕자님은 이 세상에서 가장 튼튼한 말을 갖게 될 거예요.
그 말을 들은 왕자는 기쁘게 그 지하창고에서 올라왔고, 직접 그 말에게 건초를 가져다주었다. 그러나 그 마술 같은 말은 다시 고개를 저었다.
-저런 건초는 제가 먹지 않습니다, 왕자님.

Portu al mi ĉiutage dek brune bakitajn rondajn panojn kaj barelon da vino de Tokaj.[169]
Tiam mi tremigos per la hufoj[170] eĉ ĉielajn stelojn.
La reĝido regalis la magian ĉevalon per brune bakitaj panoj kaj vino de Tokaj, dum du plenaj semajnoj.
Tiam la ĉevalo diris:
- Nu, mastro, jam ni povas ekiri, sed unue adiaŭu viajn patron, patrinon kaj parencojn, ĉar eble vi revidos ilin, eble ne.
La reĝido adiaŭis ĉiujn.
Ploris lia patro, ploris lia patrino, ploris ĉiuj.
Ploris ankaŭ la regido mem.
Sed poste li abrupte sursidis la magian ĉevalon, kaj fulmrapide forgalopis, ke post momento jam ne povis distingi lin homa okulo.
La magia ĉevalo flugis dum tri tagoj kaj tri noktoj; muĝe-muĝegis la aero, kie ĝi flugis.
Tiam ĝi surteriĝis sur la sepdek sepa insulo de la Nigra Maro.
La ĉevalo diris:
- Mastro mia, manĝu, se vi kunportis manĝaĵon. Mi ne manĝos, ĉar ĉi tie ne estas marmora manĝujo, sed jes ja, tio estas en la urbo de la reĝo de Sunsubirlando.
La reĝido kunportis manĝaĵon en sia pansako.

169) Fama hungara vino.
170) huf-o 발굽

제게 매일 구운 갈색 둥근 빵 열 개, 토카이[171] 포도주 한 통을 가져다주세요. 그러면 제가 제 말발굽으로 하늘에 있는 별도 흔들어 놓겠습니다.
왕자는 그 마술 같은 말에게 구운 갈색 빵과 토카이 포도주를 줘서 2주일간 키웠다. 그때 그 말은 말했다.
-이제, 주인님, 우리는 출발할 수 있습니다. 하지만, 먼저 아버지께, 어머니께, 그리고 가족에게 인사하러 가세요, 왜냐하면 당신이 그분들을 다시 뵐 수 있겠지만, 못 뵐 수도 있기 때문입니다.
그렇게 해서 그 왕자는 자신의 모든 가족과 일가친지와 작별했다. 그의 아버지도 울고, 그의 어머니도 울고, 모두가 울었다. 왕자 자신도 울었다.
그러더니, 나중에 그는 갑자기 그 마술 같은 말에 올라타, 번개처럼 내달리더니, 잠깐 사이에 사람들의 눈에서 분간할 수 없을 정도로 멀어져 갔다. 그 마술 같은 말은 3일 밤낮을 날아가면서 공중에서 포효하며, 그 포효를 이어갔고, 공중에서 연거푸 포효했다.
그때 그 말은 흑해의 일흔일곱째 섬에 내려앉았다. 그 말은 이렇게 말하였다. -내 주인이신 왕자님, 만일 음식을 싸 가져 왔다면 여기서 드세요. 저는 먹지 않습니다. 왜냐하면, 이곳에는 대리석으로 만든 그릇이 없어서요. 정말로 그 그릇은 저 '해가 지는 나라'의 왕이 사는 도시에 있으니까요.
왕자는 자신의 보따리에 빵과 여러 음식을 담아 왔다.

---

171) *주: 헝가리산 유명 포도주 이름.

Li enbuŝigis kelkion, kaj denove li sursidis la magia n[172] ĉevalon.

Ĝi saltis kaj flugis, kaj post momento jam surteriĝis sur pinto de alta monto.

Ĝi diris al la reĝido.

- Rigardu malsupren, reĝido, kion vi vidas?

- Mi vidas iun nigran stelon - diris la reĝido.

- Tiu stelo estas la urbo de la reĝo de Sunsubirlando.

- Ve, ĉevalo mia, neniam ni atingos ĝin.

- Ne havu zorgojn,[173] sursidu min - instigis lin la magia ĉevalo -, ĝis vespero ni atingos ĝin.

La reĝido sursidis la ĉevalon, kaj vere, eĉ ne subiris ankoraŭ la suno, ili jam estis en la urbo de la reĝo de Sunsubirlando.

Tie ili eniris grandan gastejon, kaj tuj la reĝido demandis la gastejestron:

- He, gastejestro, ĉu troviĝas en via stalo marmora[174] manĝujo?

- Troviĝas, jes ja, reĝida moŝto - diris la gastejestro.

Tuj ili irigis la magian ĉevalon en la stalon.

---

172) magi-o　마법(魔法). magia 마술의, 요술의; 마력있는

173) zorg-i <自> 돌보다 ; 관심을 두다, 걱정하다, 근심하다 ; 주의하다. zorg(em)a 관심하는, 주의하는, 용의주도(用意周到)한, 신중(愼重)한 ; 돌보는 ; 근심하는, 걱정하는. zorganto, prizorganto 보호자, 후견인. zorgato 피보호자(被保護者). zorgateco 보호 ; <法> 피후견(피후견) ; <政> 신탁통치(信託統治). zorgo 걱정, zorgigi 근심[걱정]하게 하다.

174) marmor-o　<鑛> 대리석(大理石).

그는 그중 몇 점을 먹고는, 다시 그 마술 같은 말 위에 앉았다. 그 말은 다시 뛰어 날아올랐고, 잠시 뒤 이미 높은 산꼭대기에 가서 그곳에 내려앉았다. 그 말은 그 왕자에게 말했다.
-저기 아래로 보십시오, 왕자님, 뭐가 보입니까?
왕자가 말했다.
-나는 무슨 까만 별 같은 것을 볼 수 있구나.
-저 별 모양 같은 곳이 '해가 지는 나라'의 왕이 사시는 도시입니다.
-말아, 그런가? 우리가 아직 한 번도 그곳에 가 본 적이 없구나.
마술 같은 말이 그를 자극했다.
-걱정은 내려놓으십시오, 대신 제 등에 올라타세요. 저녁이 될 즈음에 그곳에 제가 모셔다드리겠습니다.
왕자는 그 말에 올라, 정말, 해가 지기도 전에 그들은 이미 그 '해가 지는 나라'의 왕이 사는 도시에 도착했다. 그 말이 말했다.
-우리가 찾던 도시에 도착했습니다.
그곳에서 그들은 큰 숙소 중 한 곳에 들어갔다. 그곳에서 곧장 왕자는 그 숙소의 주인장에게 물었다.
-여보시오, 주인장, 당신의 마구간에는 대리석으로 된 식기 그릇이 있습니까?
그 숙소의 주인이 말했다.
-예, 있습니다, 왕자님.
곧장 그들은 그 마술 같은 말을 마구간으로 데려 갔다.

La reĝo donis al ĝi brune bakitan panon, kiom ĝi nur povis engluti, kaj aldonis tri sitelojn[175] da vino de Tokaj. ankaŭ li mem vespermanĝis ĝissate, kaj kuŝiĝis dormi.
Matene li iris en la stalon, kaj demandis la ĉevalon:
- Ĉu ni povas iri al la kortego de la reĝo, ĉevalo mia?
- Hodiaŭ ankoraŭ ne, mastro mia, unue ni vizitu la forĝiston. Metigu huf-feron sur miajn hufojn, por ke mi povu flugigi iomete la polvon en la kortego de la reĝo.
Ili vizitis la forĝiston,[176] kaj kiam ili iris sur la strato, la homoj eliris kaj kompate diris:
- Aj, malfeliĉa reĝido de Sunleviĝlando, pli bone estus por vi resti hejme.
Li neniom atentis la parolojn. Li eniris al la forĝisto por metigi kvar - ne huf-ferojn, sed huf-orojn -, kaj fiksigis ilin per diamantaj najloj. Ses helpantoj tenis la ĉevalon, kaj ses aliaj surnajlis la huf-orojn. Sed kiam ili finis la laboron, la magia ĉevalo hufe puŝis la teron, kaj ĉiuj kvar huf-oroj forflugis, zumante-muĝante en la aero.
Aj, ekhontis la forĝisto!
- Nu - li diris -, neniam io tia okazis ĉi tie!

175) sitel-o 바께쓰, 물통, 양동이; 두레박.
176) forĝi <他> (쇠를) 벼리다, 벼리어 만들다 forĝiejo 철공장.

왕자는 자신의 말에게 그 말이 삼킬 수 있을 만큼의 구운 갈색 빵을 주었고, 토카이 포도주를 세 양동이 가득 부어주었다. 그도 스스로 저녁을 배불리 먹고는, 잠자리에 들었다. 아침에 그 왕자는 마구간으로 가서, 자신의 말에게 물었다.
-우리가 오늘 그 왕의 궁전으로 갈 수 있겠지? 나의 말아?
-오늘은 아직 안됩니다. 주인이신 왕자님, 먼저 우리는 대장장이를 찾아가 봐요. 제 말발굽에 쇠로 된 편자를 신겨 주면, 제가 그 왕궁에서 조금은 먼지를 날릴 수 있을 겁니다.
그들은 대장장이를 찾아, 도로에 나섰을 때, 사람들이 나와, 그를 불쌍하게 여기며 말했다.
-어이쿠, 해가 뜨는 나라에서 오신 불행한 왕자님, 당신은 집에서 쉬는 편이 더 나았을 것 같습니다.
그는 조금도 그런 말에 주목하지 않았다. 그는 그 대장장이에게 편자 4개를 박되, 그것이 쇠로 된 것이 아니라, 황금으로 된 것으로 만들어 놓으라고 했다. 여섯 명의 조수가 그 말을 붙들고, 또 다른 여섯 명의 조수가 그 말에 황금 편자를 박았다. 그러나 그들이 이 일을 마칠 때, 그 마술 같은 말이 자신의 발로 땅을 한 번 밀자, 그 네 발에 달린 황금편자가 공중으로 날아 웅웅- 소리를 내며 저 멀리 빠져버리는 것이 아닌가.
그러자 그곳의 대장장이가 부끄러워하기 시작했다.
-그래요, 그런 일은 지금까지 여기서 일어나지 않았습니다.

Mi mem surnajlos ilin.

Nu, la maljuna forĝisto brave surnajlis ilin. La magia ĉevalo provis ĉiel forigi la huf-orojn, sed ĝi ne sukcesis. Tiam ili reiris en la gastejon.

La reĝido enrajdis la kortegon de la reĝo de Sunsubirlando nur dum la sekva mateno.

La reĝo jam sidis ekstere, sur la verando[177] de la palaco, apud li la filino; ili atendis la reĝidon.

Estis tie en la korto ankaŭ la ruĝa bravulo sur sia griza ĉevalo. Kiam la regido engalopis, la magia ĉevalo tiel furioze ekdancis, ke ekpolvis la marmoro, kiu kovris pavime[178] la korton.

Leviĝis tiom da polvo, ke la reĝo longtempe vidis nek la ruĝan bravulon, nek la reĝidon.

La du bravuloj alfrontis unu la alian, ili batalis, luktis, fajreris iliaj glavoj, ili provis manovrojn, ruzaĵojn, sed pasis horo, du horoj, kaj neniu sukcesis vundi la alian.

La sonorilego signis tagmezon, kiam la magia ĉevalo saltis alten, ĝuste super la kapon de la ruĝa bravulo, kaj en tiu momento la reĝido per unu movo fortranĉis de sur la ruĝa bravulo la kirasan vestaĵon.

Tiam la reĝo alkriis el la verando:

– Sufiĉas por hodiaŭ, bravuloj. Rekomencu la duelon morgaŭ!

---

177) verand-o [OA] <建> 베란다, 양대, 노대(露臺).

178) pavim-o (나무、돌、아스팔트로 포장한) 포도(鋪道), 인도(人道)

제가 저 편자들을 다시 박아보겠습니다.
그래서, 그 늙은 대장장이가 용감하게 그 편자들을 박는데 성공했다. 그러자 그 마술 같은 말은 어떻게든 그 황금 편자들을 빼내려 하였으나, 결국 성공하지 못했다. 그때 그들은 그 숙소로 다시 갔다. 다음 날 아침 그곳에서 왕자는 자신의 말을 타고 '해가 지는 나라'의 왕이 사는 궁전으로 달려갔다. 그 나라의 왕은 자신의 궁전 베란다에서, 또 그의 옆에는 그 딸이 이미 바깥에 나와, 그 왕자가 오기만을 기다리며 앉아 있었다. 그곳에는 그 붉은 용사도 자신의 회색 말을 타고 궁전에 와 있었다. 그 왕자가 한번 말을 움직이자, 그 탄력을 받은 마술 같은 말은 그렇게 난폭하게 춤을 추기 시작하더니, 궁정의 정원에 포장도로처럼 덮어 놓은 대리석에 먼지를 날렸다. 그만큼의 먼지가 일자, 왕은 한동안 그 붉은 용사도, 그 왕자도 볼 수 없었다.
그 두 용사가 서로 마주 보며 섰다. 그리고 곧 그들은 싸우고, 다투고, 그들이 가진 칼이 불꽃을 튀기고, 자신들이 가진 온갖 술책과 요술을 사용해 싸웠다. 하지만 시간이 한 시간이 지나고, 두 시간이 지나도 아무도 상대방에게 상처입힐 수 없었다. 큰 종소리가 정오를 알리자, 그 마술 같은 말은 붉은 용사의 머리 위로 뛰어올랐고, 바로 그 순간에 그 왕자는 단 한 번의 움직임으로 그 붉은 용사의 갑옷을 잘라 버렸다. 그때 왕은 베란다에서 뛰쳐나와 외쳤다.
-오늘은 그만하게, 용사들이여! 내일 결투를 다시 시작하게!

La du bravuloj forgalopis al diversaj direktoj, sed la ruĝa bravulo postkriis la reĝidon:
- Sciu, ke morgaŭ via kapo parados[179] surpinte de mia glavo!
Alvenis la dua tago. La ruĝa bravulo kiel tempesto kuratakis la reĝidon, sed la kapo de la reĝido tamen ne paradis surpinte de la glavo de la ruĝa bravulo, ĉar la magia ĉevalo denove tiel lerte saltis super lin, ke la reĝido per unu movo forhakis la dekstran brakon de la ruĝa bravulo. La reĝo denove alkriis el la verando:
- Sufiĉas por hodiaŭ, bravuloj. Rekomencu la duelon morgaŭ!
La ruĝa bravulo kaptis la glavon per la maldekstra mano, kaj minace diris al la reĝido:
- Sciu, reĝido de Sunleviĝlando, hodiaŭ vi forhakis mian dekstran brakon, sed morgaŭ per la maldekstra mano mi forhakos vian kapon!
Vane li minacis, ĉar en la tria tago la reĝido forhakis ankaŭ la maldekstran brakon de la ruĝa bravulo, kvankam tiu atakis lin fulmrapide.
La reĝo de Sunsubirlando nun jam ne plu timis, ke la ruĝa bravulo forprenos lian landon: li jubilis! Kaj precipe la reĝidino!

---

179) parad-i <自> 사열하다, 줄지어 행진하다, 분열행진하다; 자랑하여 보이다, 자랑하다; parado <軍> 관병식(觀兵式), 열병(閱兵); 행렬(行列)

그 두 용사는 자신의 말을 각자 다른 방향으로 몰아갔다. 그런데 갑자기 그 붉은 용사가 그 왕자를 뒤쫓아왔다. -내일이면 내 칼 끝에 네 녀석의 머리를 달고 행진할 거란 걸 알아둬!

둘째 날이 왔다. 그 붉은 용사는 폭풍처럼 달려와, 그 왕자를 공격했으나, 왕자의 머리는 아직도 그 붉은 용사의 칼끝에 있지는 않았다. 왜냐하면, 그 마술 같은 말은 그렇게 능수능란하게 그 붉은 용사 위로 뛰어올라, 그 왕자가 단번에 그 붉은 용사의 오른팔을 베어버렸다. 그러자 그 왕은 다시 그 베란다에서 달려와, 이렇게 말했다

-오늘은 그만하면 되었네, 용사들이여! 결투는 내일 다시 시작하세!

그러자 그 붉은 용사는 왼손으로 자신의 칼을 잡고서, 왕자를 위협하러 달려들었다.

-이보게, ' 해가 뜨는 나라 '의 왕자 녀석아, 오늘 네가 내 오른팔을 도끼로 베었지만, 내일 나는 내 왼손으로 네 목을 도끼로 내리쳐 버릴 테다.

안타깝게 그는 위협했다. 왜냐하면, 셋째 날 그 왕자는 그 붉은 용사가 번개처럼 그에게 빨리 공격해와도, 왕자는 그 붉은 용사의 왼팔을 도끼로 베어 버렸다.

' 해가 지는 나라 '의 왕은 이젠 이미 더는 그 붉은 용사가 그의 나라를 채갈 거라는 것으로 두려워하지 않아도 되었다. 그래, 왕자가 승리했구나!

이제 그 왕도 만세를 외쳤다!

또 특히 그 공주도!

Ĉar la reĝido de Sunleviĝlando ekplaĉis[180] al ŝi, kaj depost kiam ŝi ekvidis lin, ĉiam ŝi suspiris:

- Se nur tiu ĉi bela reĝido venkos la ruĝan bravulon!

Tuj oni aranĝis la geedziĝan festenon, kaj post ĝi la reĝo donacis al la reĝido siajn landon kaj reĝecon. Tiam la juna paro ekiris al la kortego de la reĝo de Sunleviĝlando, kaj ankaŭ tie ili aranĝis geedziĝan festenon. La reĝido fariĝis posedanto de du landoj. Kiam Sunleviĝlandon li trovis teda,[181] li iris al Sunsubirlando, kaj kiam li estis jam sufiĉe en Sunsubirlando, li iris al Sunleviĝlando. Li ne havis kaŭzon plendi pri sia sorto.

Li ankoraŭ vivas, se li ne mortis jam.

---

180) plaĉ-i [자] * (사람이) ~의 마음에 (눈에) 들다. * (사물이) 만족,공감을 일으키다. <自> 좋아하다, ~의 맘에 들다, 눈에들다, 기쁘게하다.

181) ted-i <他> 싫증나게하다, 괴롭히다, 귀찮케하다, 진절머리나게 하다, 지티게 하다, 권태를 느끼게 하다. 지리(支離)하게 하다, 시끄럽게 하다. teda tedema 싫증나는, 귀찮은, 성가신, 재미없는, 지리한.

그 해가 뜨는 나라의 왕자를 처음 본 순간 그녀 마음에 들었기 때문에, 그 왕자를 처음 본 순간부터 그 싸움이 끝날 때까지 마음이 조마조마했다.
-만일 저렇게 멋진 왕자가 저 붉은 용사를 이길 수만 있다면!
곧장 그 왕자와 그 공주를 위해 결혼식을 거행하고, 축하연을 열었다. 그러고서 그 왕은 그 왕자에게 자신의 땅과 왕위를 물려주었다, 그때 그 젊은 부부는 '해가 뜨는 나라' 의 궁전으로 여행을 떠나, 그곳에서도 그들은 결혼 축하연을 열었다. 이제 그 왕자가 두 나라의 주인이 되었다. 그가 '해가 뜨는 나라' 에 있는 것이 지겨워지면, '해가 지는 나라' 로 왔고, '해가 지는 나라' 에 충분히 살았다 싶으면, 그는 다시 '해가 뜨는 나라' 로 가서 살았다.
그는 자신의 운명에 대해 불평할 이유가 없었다.
만일 그가 아직 죽지 않았다면, 그는 아직도 살고 있으리라.

LA RANO

Ĉu estis, ĉu ne estis, pli proksime ol la sepdek sepa lando, sed je lamula paŝo trans la Fabeloceano, kie oni najlis[182] hufferon sur la piedojn de rano, por ke ĝi ne stumblu[183] en ĉiuj survojaj kavetoj,[184] vivis iam juna servisto.

Li servis jam tri jarojn, kiam li hejmeniris al la patro, kaj diris al li:

- Mi ne plu servos, patro, sufiĉe mi jam manĝis fremdan panon. Mi havas cent sonorajn forintojn,[185] mi komencos ion per ili.

- Bone, filo, komencu, sed zorgu ke vi ankaŭ finu bone.

La malriĉa homo diris nur tiom, kaj eĉ tiom diris nur silente.

Nek la junulo aldonis ion, sed pendigis al la kolo sian pansakon, kaj iris en la urbon.

Li pensis aĉeti ion per siaj cent forintoj.

Li ekiris laŭ la strato, ŝovis la nazon en ĉiun butikon, observis ĉion detale, sed nenio plaĉis al li.

---

182) najl-o 못(釘). najli <他>못박다

183) stumbl-i <自> 비틀거리다; 차질(蹉跌)하다, 실족(失足)하다,넘어지다;말 더듬다

184) kav-o 우묵파진 곳, 요부(凹部),(신체의) 강(腔), 동굴, 구멍, 갱(坑). kavego 깊은 굴, 심연(深淵), kaveto 음푹 들어간 곳, 들어간 자국.

185) forint-o 포린트(헝가리의 화폐단위).

개구리

그런 일이 있었든지, 그런 일이 없었든지 간에 말인데요. 일흔일곱째 나라보다 더 가까이의 어떤 나라에는 절뚝거리는 발걸음으로 건너야 하는 동화의 대양이 있구요. 그 나라에는 사람들이 개구리의 네 발에 말발굽 같은 편자를 박아, 개구리가 길 위의 모든 웅덩이를 잘 건너도록 한다는데요.

그런 옛날에 젊은 남자 하인이 살고 있었다고 해요. 그는 자신이 하인으로 3년을 이미 봉사하고는, 집에 귀향해 아버지께 말씀드렸다.

-아버지, 저는 더는 봉사를 하지 않을 겁니다, 충분히 저는 남의 집의 빵을 먹었어요. 제겐 100포린트[186]의 동전을 가졌으니, 이것으로 뭔가를 시작할래요.

-그래, 알았구나, 내 아들아. 시작해 보라, 하지만 잘 끝내는 것도 생각해 둬.

그래서 그 가난한 아버지는 그렇게만 말했고 그 말도 조용히 말할 뿐이었다.

아들인 청년도 무슨 말을 더하지 않는 대신, 빵을 담은 주머니를 자신의 목에 매고서 도시로 향해 갔다. 그는 자신의 100포린트로 뭘 살까 하는 생각을 했다. 그는 도로를 따라 걷다가, 어느 상점에 코를 들이밀고는, 그곳의 내부를 자세히 살펴보았지만, 자신의 마음에 드는 것은 아무것도 없었다.

186) 헝가리의 화폐단위

Pri ĉio, kion oni metis antaŭ lin, li diris malplaĉe: ĝi ne valoras cent forintojn, nek tio, nek tio ĉi valoras tiom.
- Ĉu vi volas varon,[187] kiu kostas cent forintojn? - oni demandis lin en iu butiko.[188] - Jen, tiu ĉi arĝenta glaso, ĝi valoras almenaŭ ducent forintojn, sed al vi mi vendas ĝin por cent.
- Nu, se vi vendas ĝin por tiom, mi aĉetos ĝin - diris la junulo kaj metis la glason en sian pansakon, kaj forpafis sin hejmen.
Hejme la patro demandis lin:
- Ĉu vi aĉetis ion, filo mia?
- Jes ja, arĝentan glason. Rigardu ĝin, ĝi havas eĉ fermoplaton![189]
- Ej vi, ventokapulo! - koleris la malriĉa homo. - Kiel vi povis elspezi por ĝi cent forintojn! Mi forĵetus ĝin, eĉ se tiu mono estus en ĝi! Nu, por tio vi suferis dum tri jaroj!
- Ne malpacu, patro mia - diris la junulo -, oni neniam scias, eble mi ankoraŭ utiligos ĝin!
Li prenis la glason, starigis ĝin meze de la tablo, kaj malfermis ĝin por vidi, ĉu io estas en ĝi?

---

187) var-o 상품(商品), 화물(貨物). varejo 창고. varprezo 물가(物價).
188) butik-o 가게(店鋪). butikaĵo 잡화. butiketo 노점. butikfenestro 쇼윈도우, 진열장.
189) ferm-i <他> 닫다;끝내다 fermplato 덮개, 뚜껑, 덮는 물건.

상점 주인이 그의 앞에 내민 물품을 이것저것 보고서, '이건 내게 안 맞아요!' 라고 했고, 이 물건도 100포린트의 가치를 할 것으로 보이지 않았고, 저 물품도 그만한 가치가 없어 보였다.
-손님은 100포린트에 해당하는 물건을 찾고 있나요?
어느 상점에서 상점 주인이 그에게 물었다.
-이게 은잔인데, 이건 충분히 200포린트는 나가지만, 손님에겐 이것을 100포린트에 주겠어요.
-100포린트에 이 물건을 판다면 제가 사겠어요.
그 청년은 그렇게 말하고는 그 은잔을 자기 빵 주머니에 담아, 쏜살같이 집으로 달려왔다.
그가 집에 도착하니 아버지가 그에게 물었다.
-아들, 넌 뭔가를 사 왔구나.
-그럼요, 정말이구요. 은잔인데요. 이걸 보세요. 이건 여닫는 뚜껑 판도 있답니다!
-에이, 허풍쟁이 같으니라고!
가난한 아버지가 화를 내며 말했다.
-어찌 네가 그 잔을 100포린트에 샀단 말인가! 그만한 돈이 그 잔 안에 들어 있더라도 난 그걸 던져버리고 싶어! 겨우 그걸 얻으려고 너는 3년이나 고생했다니!
-꼭 그렇지만도 아니에요, 아버지, 진정하십시오. 사람들은 이걸로 뭘 어찌할 줄 모르지만, 저는 이 제품을 유용하게 할 수 있거든요!
그 청년은 말했다.
그는 그 잔을 집어 들어 탁자 한가운데 세워 그 잔 뚜껑 판을 열어 그 안에 뭐가 들어 있는지 살펴보았다.

Kaj jen, ruliĝis el ĝi alia arĝenta glaso. ankaŭ tiu estis el pura arĝento, kiel la unua.

Apenaŭ ili iom observis ĝin, el la glaso ruliĝis tria glaso, poste kvara, kvina, sesa!

- Vidu, patro, tiu ĉi glaso vere valoras cent forintojn!

Kiam li eldiris tion, el la sepa glaso saltis malbela raneto, kaj eksidis meze de la tablo. Gape ili malfermis okulojn kaj buŝon, kiam la raneto ekparolis:

- Brek-brek, donu al mi manĝi kaj trinki, ĉar mi estas malsata kaj soifa.

Ili tiel ektimis, ke ili tuj donis al ĝi manĝi kaj trinki.

Dum la manĝado kaj trinkado la rano kreskis[190] kaj kreskegis.

Dum momento ĝi farigis tiel granda, ke la tablo apenaŭ sufiĉis por ĝi.

- Brek-brek, donu manĝi pli, ĉar alie mi manĝos vin mem - ekparolis denove la rano.

- Nu, vi faris bonan aĉeton - diris la malriĉa homo, kaj iris en la kameron[191] por rapide kolekti la manĝaĵojn, kiujn li havis.

Li trovis iom da graso[192] kaj pano, alportis ilin kaj metis ĉion antaŭ la ranon.

---

190) kresk-i <自> 생장[성장](生長[成長])하다, 발달하다 ; (초목이) 나다, 자라다 ; (크기 · 길이 · 수량 등이) 증대하다, 늘어나다, 증가하다

191) kamer-o 사진기, 암실(暗室), (동.식물 체내의) 굴(窟. 穴)

192) gras-o [G6] 기름, 지방(脂肪), 유지(油脂). grasa 기름진, 지방질의; 뚱뚱한, 살찐; 비옥(肥沃)한.

그런데 그 안에 또 다른 은잔이 굴러 나오는 것이 아닌가! 그 잔도 이 앞의 은잔처럼 순은으로 만든 것이었다. 그가 그 두 개의 잔을 살펴보고 있는데, 그 안에서 셋째 잔이 굴러 나왔다. 그렇게 넷째, 다섯째, 여섯째까지 굴러 나왔다.
-이보세요, 아버지. 이 잔은 정말 100포린트 가치는 충분히 되어요!
그렇게 그가 말할 때, 이번에는 일곱째 잔에서 뭔가 작고 못생긴 개구리 한 마리가 뛰어나와, 탁자의 한 가운데 앉는 게 아닌가.
그 작은 개구리가 입을 열어 말하는 순간까지도 어리둥절한 채, 아버지와 아들은 눈과 입을 벌린 채 있었었다.
-개굴개굴, 제게 먹을 것과 마실 것을 좀 주세요. 저는 배가 고프고 목이 말라요.
그 둘은 깜짝 놀란 채, 곧 그 개구리에게 먹을 것과 마실 것을 주었다. 개구리는 그렇게 먹고 마시는 동안, 몸집이 불고 또 불었다. 한순간에, 그 개구리는 자신의 몸집이 그 탁자만큼이나 그렇게 커버렸다.
-개굴개굴, 먹을 것을 조금만 더 줘요. 그렇지 않으면 내가 당신들을 먹어버릴 테다. 그렇게 개구리가 다시 말했다.
-그래, 아들아, 너는 정말 멋진 걸 사 왔구나. 가난한 아버지는 그렇게 말하고는, 그들이 가진 음식을 가지러 자기 집 곳간으로 서둘러 갔다.
그 곳간에서 그는 약간의 기름과 빵을 찾아내, 그것들을 들고 와, 개구리 앞에 놓았다.

- Jen, ĉio, kion ni havas - diris la malriĉa homo -, mi havas nenion alian en la mondo, ej vi, mirakla[193] rano.
Dum momento ĝi manĝis la grason kaj panon.
La tuton ĝi malaperigis per sola gluto.
Tiam la rano saltis sur la plankon, elrampis tra la pordo, iris en la garbejon, kuŝiĝis kaj ekdormis.
Sed tiam ĝi jam estis granda, kiel bakforno.
Kiam ĝi vekiĝis, ĝi venis al la domo kaj kriis tra la pordo:
- Dio vin benu, mi foriras, ĉar mi vidas, ke vi malriĉas kiel muso preĝeja.
Nu, dank' al Dio, ke ĝi foriris.
Rande de la vilaĝo estis granda ronda lago, la rano saltis en ĝin, kaj tiom da akvo elfluis el la lago, ke la inundo preskaŭ forlavis la vilaĝon.
Malgajis la malriĉa homo, kaj eĉ lia filo, ĉar la rano formanĝis ilian tutan havaĵon.
- Nun jam vi povas reiri por servi kun via arĝenta glaso - malpacis[194] la malriĉa homo.
La junulo ne atendis eĉ ĝis la sunsubiro, li ekiris vagi tra la mondo.

---

193) mirakl-o [OA] 기적(奇蹟), 놀랄만한 일
194) pac-o 평화(平和), 평온, 태평(太平), 평안, 안녕(安寧), 화목(和睦), 안심(安心); 화해. paca 평안한; 정신을 괴롭히지 않는, 안정(安靜)한. pacigi 평화케하다, 화해(和解)시키다. malpaci <他> 불화(不和)하다, 싸우다(爭), 충돌(衝突)하다, 분쟁(紛爭)하다

그 가난한 사람은 말했다.
-이게 우리가 가진 전부일세, 나는 이 세상에 이것들 말고는 다른 것은 갖고 있지 않네. 자네는 놀라운 개구리야.
순식간에 개구리는 그 아버지가 가져다준 기름과 빵을 먹기 시작하더니, 그 모든 것을 단 한 번 꿀꺽 삼키자, 전부 사라져 버렸다. 그리고는 개구리는 탁자에서 뛰어 내려와, 출입문을 통과해 기어가더니, 볏단을 쌓아둔 곳으로 가서 그 자리에 누워 잠을 자기 시작했다.
그때 이미 그 개구리 덩치는 빵 굽는 난로 크기만큼 커져 있었다. 개구리가 나중에 잠에서 깨어 일어나, 집 안으로 다시 와, 출입문을 통해 소리쳤다.
-하나님이 여기 계시는 두 사람을 축복할 겁니다. 저는 이만 떠나가요. 당신의 집이 교회 생쥐처럼 가난한 걸 알았기 때문이에요.
그래, 개구리가 사라진 것만도 하나님 덕분이다.
그곳 마을 어귀에 크고 동그란 호수가 하나 있었는데, 그 개구리가 그 안으로 풀쩍 뛰어 들어가더니, 그만큼의 물이 그 호수에서 넘쳐 나왔다, 그래, 그 넘친 물이 그 마을을 휩쓸 정도였다. 가난한 아버지와 그의 아들도 우울해졌다. 왜냐하면, 그 개구리가 그들이 가진 모든 먹거리를 다 먹어치웠으니.
-이제 너도 저 은잔을 들고 봉사하러 다시 갈 수밖에 없겠구나. 가난한 아버지가 불평을 쏟아내며 말했다.
그 청년은 그날, 해가 질 때까지도 기다리지 않고 이 세상을 둘러 보러 걷기 시작했다.

Li metis la sep argentajn glasojn en la pansakon, kaj iris fronte al sepdek sep landoj.

Li ne haltis dum sep noktoj kaj tagoj, kaj frumatene de la oka tago, li alvenis en la urbo de la reĝo.

Li ekhavis la ideon eniri la kortegon de la rego: eble oni dungos lin.

Li eniris en la kortegon, la reĝo ĝuste staris sur la verando kaj diligente pipfumis.

La junulo dece salutis, la reĝo resalutis. Tuj li demandis:

- Kiucele vi venas, junulo?

- Mi serĉas lokon por servi, reĝa moŝto.

- Nu, tiukaze vi venis en bona tempo, ĉar ĵus mi maldungis mian unuan koĉeron.[195]

Tuj ili kontraktis, interkonsente manprenis, kaj trinke stampis la interkonsenton.

La tempo pasis. Pasis jaro, du jaroj, tri jaroj.

La reĝo ekamis la malriĉan junulon, kvazaŭ li estus lia propra filo. Ni menciu interdire, ke la reĝo havis nek edzinon, nek filon, nek iu ajn.

Li travagis la tutan landon kaj la tutan mondon, sed li ne trovis taŭgan edzinon.

Multe-multege malĝojis la reĝo pro tio, li ne povis dormi eĉ nokte, kiam li pensis pri tio, kiu heredos lian belan landon?

---

195) koĉer-o 마차부(馬車夫) = kaleŝisto.

그는 자신의 빵 주머니에 7개의 은잔을 집어넣고, 일흔 일곱 나라를 향해 나아갔다. 그는 일곱 밤과 일곱 날을 쉬지도 않고, 여덟째 날 이른 아침에, 그 나라의 왕이 사는 곳인 서울에 다다랐다. 그는 왕이 사는 궁전에 들어가 볼 생각을 했다. 그곳에 가면 누군가 그를 고용해 줄 거야 하는 마음으로. 그가 왕궁에 들어가자, 그날 왕이 자신의 베란다에 서서 열심히 파이프 담배를 피우고 있었다. 그 청년은 겸손하게 인사를 하였고, 왕은 그 인사에 답을 하였다. 그러고는 그 왕은 곧장 물었다. -자네는 무슨 목적으로 여기에 왔는가, 젊은이?

-폐하, 제가 봉사할 일이 있는지 알려고 이곳에 찾아오게 되었습니다.

-그래, 그럼, 자네가 적당한 시점에 왔네. 왜냐하면, 방금 내가 고용한 첫 마부의 봉사 기간이 종료되었거든.

그래서 그 둘은 계약서를 작성하고, 서로 동의하고, 악수도 하여, 한 잔 마시면서 그 계약서에 관인을 찍었다. 그렇게 시간은 흘렀단다. 한 해가 지났다. 두 해가 지났다. 셋째 해가 지났단다. 그 왕은 그 불쌍한 청년을 제 자식처럼 사랑하게 되었다. 그러던 사이에 이 점은 미리 알아두자. 즉, 우리의 왕에겐 왕비도 없고, 아들도 없고, 그밖에 다른 가족은 없다는 점을. 그는 온 나라를 돌아다니고, 온 세상을 돌아다녀도 자신에게 맞는 아내가 될 적당한 사람을 찾지 못했다.

그 때문에 왕은 많이-많이도 실망하였고, 그 때문에 자신의 이 아름다운 나라를 누구에게 물려줘야 할지 밤잠을 못 이룰 지경이다.

La malriĉa junulo vidis tion, kaj foje li kolektis la kuraĝon, kaj demandis:
- Reĝa moŝto, pardonu se miaj vortoj estos ofendaj,[196] sed verŝajne vi havas grandan malĝojon, ĉar senĉese vi ĝemadas.
- Nu, se vi kuraĝis min alparoli - diris la reĝo -, ankaŭ konsolu min, ĉar alie mi palisumigos vin. Malŝtopu viajn orelojn, junulo! Mi travagis la landon kaj la mondon, sed mi ne trovis edzinon taŭgan por mi. Mi aŭdis pri unu tia, sed neniam mi sukcesis ekvidi ŝin. Ŝi estas Helena, filino de la fereĝo. Jam hodiaŭ vi ekiros, por porti al mi tiun knabinon: sen ŝi eĉ ne revenu!
Hej, la malriĉa junulo dronis en malĝojo. La malĝojo kaj ĉagreno preskaŭ mortigis lin. Kiel li povis esti tiel stulta alparoli la reĝon!
Sed vane li ĉagreniĝis, li devis ekiri, ĉu li volis tion, ĉu ne.
Li sursidis la plej bonan ĉevalon, kaj dume oni plenigis lian sakon per pano, kukoj, arĝento, oro kaj - ĝis, mondo!
Li ekiris laŭ sia nazo.

---

196) ofend-i <他> …의 감정을 상하다, 성나게 하다 =insulti; 죄[과오]를 범하다; 거슬리다(귀,눈에); (법률,예의 따위를)어기다, 범(犯)하다, 위반(違反)하다. ofendego 폭행, 능욕(凌辱), 모욕(侮辱). ofendiĝi 화[성]내다, 나쁘게 생각하다. ofendeta koloro 눈에 거슬리는 색깔. ofendo 무례(無禮); =insulto 반칙(反則)

가난한 청년은 이를 보고는, 용기를 모으고 또 모아, 감히 여쭈어보기를 시도했다.
-폐하, 제가 드리는 말이 거슬린다면 용서를 하십시오. 하지만 필시 폐하께서는 큰 슬픔에 휩싸여 있사옵니다. 왜냐하면, 쉼 없이 폐하께서 한숨을 내 쉬고 있으시니.
그 왕이 말했다.
-그래, 너는 용감하게도 내게 그 점을 물어 주었구나. 그럼, 너는 나의 어려움을 위로도 해주어야 하겠구나. 왜냐하면, 다른 의도였다면, 나는 너를 저 말뚝에 묶어 죽여 버릴 수도 있단다. 네 귀를 열어두거라, 청년아! 나는 이 나라와 이 세상을 돌아다녀 보았지만, 내게 맞는 아내를 구하지 못했단다. 나는 그런 아내가 있다고는 들었지만, 그녀가 어디에 있는지 본 적이 없구나. 그녀 이름은 헬레나인데, 요정 왕국의 딸이라 하더구나. 어서 오늘이라도 출발해서 그 아가씨를 내게 데리고 오너라, 그녀를 찾지 못하면, 돌아오지도 말게!
아, 불쌍하게도 그 가난한 청년은 슬픔에 빠지게 되었다. 슬픔과 상심으로 그는 거의 죽을 지경이 되었다. 왕께 그런 말을 하다니 또 왕께서 그런 명령을 내리시니, 그는 얼마나 멍청한가! 그러나 슬픔에 잠겼어도, 청년은, 자신이 원하든 원치 않든, 길을 나서야 했다. 그는 가장 좋은 말을 골랐고, 그 사이 사람들이 그에게 빵, 과자들, 은과 금을, 심지어 이 세상까지도 그의 등짐 속에 챙겨 넣어 주었고, 그는 말에 올랐다!
그는 자신의 코가 가리키는 방향을 따라 출발했다.

La malriĉa junulo vagis, vagadis tra montoj kaj valoj, en arbaroj kaj kampoj, foje tie, foje ĉi tie, foje rekte kaj foje kurbe.

Trairante densan arbaregon, li ekaŭdis ke ie hundo sufere tirbojas.[197]

Li iris al la direkto de la voĉo, kaj ekvidis flavan ĉaŝundon konvulsie barakti kaj kaptadi al la malantaŭaj piedoj.

Li rigardis, pro kio la malfeliĉa besto suferas, kaj li ekvidis en ĝia piedo dornon tiel grandan, kiel tranĉilo.

Kaj la ĉaŝundo ekparolis:

- Junulo, eltiru ĝin, certe mi rekompencos vin.

- Mi eltiras ĝin, malfeliĉa besto, eĉ sen rekompenco - diris la junulo kaj eltiris la dornon.

- Nu, junulo, pro bono atendu bonon. Prenu el mia dorso tri harojn, konservu ilin bone, kaj se vin trafos io malbona, skuetu ilin, kaj tuj mi aperos apud vi, eĉ se vi estos ĉe la rando de la mondo.

La junulo pensis: hunda haro, aĉa varo, ĝi ne donos oran milon, nek utilon, nek malutilon; do eltiris tri harojn, kaj metis ilin en sian sakon.

---

197) tir-i <他> 끌다, 당기다, 끌어당기다, 잡아끌다, (그물 따위를) 당겨 올리다, (고삐 . 재갈 따위를)잡아당기다, 견인(牽引)하다, 흡수하다, 흡인(吸引)하다, …의 마음[주의 . 이목(耳目)따위를] 끌다;(수레 같은 것, 손님, 인기 등을)끌다;(불행 따위를)초래하다, 가져오다;(물건을)잡아빼다, 뽑아내다;(칼 . 권총 따위를 집에서)빼다;빼째다;(제비 . 화토 등을)뽑다;(근원으로부터)끌어내다, 얻다 도출(導出)해내다(사실 따위를) 길게늘이다 ; boj-i <自> 짖다(개 따위가), 울다(짐승이).

그 가난한 청년은 산을 넘고 계곡을 지나 방랑하며, 숲과 들도 지났고, 한번은 이곳에서, 또 한번은 저곳에서, 한번은 가로질러, 또 한번은 굽이진 곳을 지나. 그렇게 그는 자신의 여행을 이어 갔다. 울창한 아주 큰 숲을 지나면서, 그는 어디선가 개 한 마리가 고통 속에서 뭔가를 향해 짖고 있음을 듣게 되었다. 그는 소리가 나는 쪽으로 가 보니, 노란 사냥개 한 마리가 거품을 물고서 신경질적으로 자신의 뒷발 두 곳을 잡고, 사투를 벌이고 있는 것 같았다. 그는 왜 이 불쌍한 짐승이 고통으로 울부짖는가를 살펴보고는, 날카로운 칼날 같은 아주 큰 가시 하나가 그 개의 발에 박혀 있음을 발견했다.
-청년이여, 이걸 좀 빼 주세요, 제가 꼭 당신에게 보상을 하겠어요.
-내가 이걸 꼭 빼 줄게, 불쌍한 짐승아, 보상은 무슨 보상. 그렇게 그 청년은 말하고는 그 가시를 빼내 주었다.
-아닙니다, 청년이여, 선한 행동에는 선함으로 보답하는 법이지요. 제 등에 있는 털 중에 3가닥을 뽑아, 그걸 잘 보관해 주세요. 그러고 만일 뭔가 나쁜 일이 생기면, 그 털을 흔들어 봐요, 그러면 당신 옆에 제가 바로 나타날 거예요, 만일 당신이 이 세상 끝에서라도 생명이 붙어 있다면요.
청년은 생각했다. '개털이라, 싫은데, 저게 뭐, 금을 천 개 주는 것도 아니고, 무슨 소용이 있겠어.'
그래도 그는 3가닥의 털을 뽑아, 그것을 자신의 등짐 보따리에 집어넣었다.

Li iris plu, sur montoj kaj deklivoj,[198] dum sep noktoj kaj tagoj senĉese, demandante ĉiun preterpasanton, kie estas Felando, sed neniu povis diri al li tion.
Li iris, iradis malgaje, kaj atingis bordon de riverego. Li decidis sekvi ĝin, eble tiel li atingos Felandon. Irante laŭ la bordo, li rimarkis grandan ezokon,[199] baraktantan en dornoplena arbusto, sed ĝi neniel sukcesis liberiĝi de la branĉetoj.
Ĝi alparolis la junulon:
- Helpu min, mi rekompencos vin.
- Mi ne atendas de vi rekompencon - diris la junulo -, sed mi liberigas vin.
Li prenis la ezokon kaj metis ĝin en la akvon.
Sed la fiŝo resaltis al la bordo kaj donis tri skvamoj n[200] al la junulo.
- Konservu tiujn tri skvamojn, kaj se ie trafos vin malbono, skuetu ilin, kaj mi aperos tie por helpi vin.
- Bone - diris la junulo -, fiŝa skvamo, plena vano, ĝi ne donos oran milon, nek utilon, nek malutilon; do li formetis ankaŭ la skvamojn.

---

198) dekliv-o 비탈, 사면, 경사, 구배.
199) ezok-o <漁> 민물꼬치고기(Esox)
200) skvam-o (동,식물의)비늘(鱗); 인상물(鱗狀物), 비늘같은 물건.

그는 길을 계속 갔다. 산도 만나고 계곡도 만나고, 그러는 새 일곱 밤과 낮이 중단없이 지났다. 그러면서 그는 만나는 사람마다 요정 나라가 어딘지 물었으나, 그에게 그 나라를 말해 줄 수 있는 이는 아무도 없었다. 그는 걷고, 또 때로는 슬프게 걷고 하여 어느 큰 강의 강둑에 다다랐다. 그는 강을 따라가면, 아마 요정 나라에 도착하겠지 생각하며, 그런 생각을 하면서 계속 가보기를 결심했다. 강둑을 따라 걸어가니, 그는 가시덤불 속의 관목의 어린 나뭇가지들 사이에서 어찌할 바를 모른 채 발버둥을 치고 있는 큰 민물 꼬치고기를 발견했다. 그 물고기가 그 청년에게 간청해 말했다.
-저를 좀 도와주세요. 제가 꼭 보상하겠습니다.
그 청년은 말하였다.-난 보상을 기대하진 않아. 하지만 난 너를 자유롭게 해줄 수 있지.
 그는 그 물고기를 그 가시덤불 속에서 꺼내 물속으로 놓아주었다. 그러자 그 꼬치고기는 강둑으로 튀어 올라, 청년에게 비늘 3개를 주었다. 그러면서 그 물고기는 이렇게 말했다.
-이 3개의 비늘을 잘 보관하세요. 만약 뭔가 나쁜 일이 생기면, 이 셋을 함께 흔들어요. 그러면 제가 당신을 도우러 그곳에 나타날 거예요.
-그것 좋네. 그 청년은 말하면서도 이런 생각을 했다.
'이 물고기 비늘이 무슨 소용이 있겠어? 이것이 황금 일천 개를 줄 것도 아니고, 유용함을 주지도 않겠지. 하지만 그렇다고 소용이 없지는 않겠지.'
그래서 그는 이 비늘도 자신의 등짐에 넣었다.

Kaj li iris plu, malgaje, foje orienten, alifoje okcidenten, foje suden, alifoje norden, sed neniu vivulo povis diri al li, kie estas Felando.

- Nu - li malĝojis -, mi ne trovos ĝin eĉ ĝis la finiĝo de la mondo plus du tagoj.

Sed li iris plu, kaj instigis[201] sian ĉevalon:

- Marŝu, marŝu, ĉevalo mia!

Trairante densan arbaregon, li ekvidis, ke du palumbo j[202] baraktas sur fagobranĉo, kaj tiel plende ili kveras, [203]ke lia koro kuntiriĝis.

Li rigardis, kio okazis al la palumboj: la piedoj kaj flugiloj de la malfeliĉaj birdoj gluiĝis per mielo.

Li haltigis sian ĉevalon, grimpis sur la arbon kaj liberigis la palumbojn.

- Nu, junulo - ekparolis unu el la palumboj -, vi savis nian vivon, pro bono atendu bonon.

Ili donis al li po tri plumojn en siaj flugiloj, kaj diris:

- Konservu ilin zorge, kaj se vin trafos malbono, nur skuetu ilin kaj tuj ni aperos apud vi.

- Bone, bone - diris la junulo -, mi konservos viajn plumojn, sed kiel vi povus helpi min?

---

201) instig-i <他> 부추기다, 충동하다, 종용(慫慂) 하다. 꼬드기다, 격려하다,교사(敎唆) 하다, 선동(煽動) 하다.

202) palumb-o <鳥> 산비둘기(斑鳩).

203) kver-i <自> (비둘기가) 꾸르르하고 울다 ; (어른이) 정답게 속삭이다 ; 희롱하다.

그리고 그는 슬프게도 계속 나아갔다. 한번은 동으로, 한번은 서쪽으로, 한번은 남으로 한번은 북으로 가보았지만, 아무 생물도 그 요정 나라가 어디에 있는지 알려주지 않았다. 그래서 그는 슬펐다.
-그런데도, 나는 이 세상 끝까지도 그걸 찾지 못했네. 그러고도 이틀이 더 지났네.
하지만 그는 계속 나아갔고, 자신의 말에 박차를 가했다.
-달려라, 달려, 내 말아!
그는 울창한 큰 숲을 지나자, 이번에는 산비둘기 2마리가 너도밤나무 가지 위에서 힘들게 애쓰는 모습이 보였다. 그들은 그렇게 불평 속에서 크게 구구-하며 울먹이니 그의 마음 또한 위축되었다. 그는 산비둘기들에게 무슨 일이 일어났는지 살펴보았다. 그랬더니, 그 불쌍한 날짐승들의 발과 날개에 꿀이 붙어 있지 않은가.
그는 자신이 타고 가는 말을 세워, 나무 위로 올라가서, 그 산비둘기들이 자유로이 날도록 도와주었다.
-이제, 젊은이, 젊은이가 저희의 목숨을 구했으니, 그 선한 행동으로 복을 받을 거예요.
산비둘기 중 하나가 말을 걸어왔다. 그러면서 그들은 그에게 자신들의 날개에서 깃을 3개씩 뽑아 주었고, 이렇게 말했다.
-이것들을 잘 보관해 주세요, 만일 당신에게 나쁜 일이 닥치면, 이것들을 흔들어주기만 하면, 곧장 저희가 당신 곁에 나타나겠어요.
-좋아, 좋아, 나는 너희 깃들을 잘 보관해 줄게, 하지만 너희들이 나를 어떻게 돕겠니? 그렇게 청년은 말했다.

Trafis min granda malbono, sed vi ne povas helpi en tio.

- Se vin trafis malbono, diru al ni, kio ĝi estas, kaj ni helpos vin.

La junulo estis malgaja, tamen li ekridis pri la parolo de la palumboj.

- Bone, diru al mi, kie estas Felando?

Kaj nun ekridis la palumboj.

- Ni vivas ĝuste tie - ili diris. - Sidu sur vian ĉevalon kaj ĉiam nur sekvu nin.

Hej, kiel ekĝojis la junulo! Li sursidis la ĉevalon kaj galopis post la palumboj pli rapide ol vento.

Kaj fine la palumboj haltis kaj diris:

- Jen, Felando estas ĉi tie, ĉi tie!

La junulo gape malfermis la okulojn kaj buŝon. ĉi tiu lando estis tute malsimila al tiuj, kiujn li vidis ĝis nun. Sur la kampoj floris orfloroj, orharaj ĉevaloj paŝtis sin, kaj ĉie, ĝis kie atingis la vido, sur la arboj kreskis orpomoj, orpiroj, orprunoj kaj ĉiaspecaj valoraj fruktoj, ĉirkaŭe ĉiuj montoj estis el diamanto brilega, ke ili vibrigis liajn okulojn.

- Nu, ĝi estas vere Felando - diris la junulo.

- Kaj nun kien ni konduku vin? - demandis la palumboj.

난 이미 큰 재앙이 덮쳤지만, 너희들은 그 속에서 아무 것도 도와줄 수 없는데.
-당신에게 재앙이 닥쳤다고 하니, 그게 뭔지 당장 알려 주면, 앞으로 저희가 당신을 도울게요.
청년은 슬펐지만, 그 산비둘기들의 말을 듣자, 살짝 웃음을 짓기 시작했다.
-그럼, 요정 나라가 어디 있는지 내게 말해 줘.
그러자 이번에는 산비둘기들이 웃기 시작했다.
-저희가 바로 그곳에 살고 있지요. 당신은 당신의 말 위에 올라타요, 그리고 저희만 꼭 따라오세요.
그들은 그리 말했다. 아아, 그 청년은 얼마나 기뻐했겠는가! 그는 자신의 말에 올라가 앉고는, 바람보다 더 빨리, 그 산비둘기 뒤를 따라 말을 달렸다. 그리고 마침내 그 산비둘기들이 멈춰 서서 이렇게 말했다.
-바로 여기, 여기가 바로 요정의 나라입니다.
그 청년은 멍하니 눈을 든 채, 입만 벌렸다.
이 나라는 지금까지 그가 보아온 나라들과는 전혀 달랐다. 들판에는 황금 꽃들이 피어있고, 황금 털을 가진 말들이 풀을 뜯고 있고, 그의 눈길이 닿는 곳마다, 나무마다 황금 사과, 황금 배, 황금 자두와 모든 종류의 귀한 과일들이 달려 있고, 모든 산 주위가 다이아몬드로 덮여 있어, 그렇게 빛이 나, 그의 두 눈을 눈부시게 진동하도록 해버렸다. 그 청년은 말했다.
-그래, 정말 요정의 나라라면 이 정도는 되어 줘야지.
산비둘기들이 물었다.
-이젠 우리는 당신을 어디로 안내할까요?

- Nun al la palaco de Helena la Feino - respondis la junulo.
La palumboj ekflugis, kaj la junulo rajdis post ili pli rapide ol vento. Abrupte lia ĉevalo haltis kaj time retiriĝis, ke preskaŭ li falis de sur ĝi. Jes ja, ili staris antaŭ la palaco de Helena, kaj ties brila lumo timigis la ĉevalon.
Ankaŭ la palaco de lia reĝo estis bela, sed tiu ĉi palaco estis senkompara en la mondo. ĝi havis sep etaĝojn, kaj ĉiuetaĝe mil fenestrojn kun oraj vitroj.[204]
La palaco estis grandega kiel tuta urbo, tamen ĝi giris sur kalkano de koko. Hej, kiel ĝi giris!
- Nu, ĝis tie mi sukcesis - diris la junulo -, sed neniam mi povos eniri la palacon!
- Ne malĝoju - diris unu el la palumboj -, nur prenu unu el niaj plumoj, tuŝu per ĝi la kalkanon[205] de koko, kaj vi vidos, ke haltos la palaco.
Ne necesis dua instigo, mane-piede li grimpis al la kalkano de koko, tuŝis ĝin, kaj miraklo! - la palaco ekskuiĝis kaj haltis dum momento.
Kiam la palaco haltis, entuziasme kuris el ĝi bela feino, turnis la kapon dekstren kaj maldekstren, kaj fine rimarkis la junulon.

---

204) vitr-o 유리 ; 유리모양의 물건. vitra 유리로 만든, 유리의. vitri <他> 유리 끼우다. vitreca 유리같은, 유리성질의.
205) kalkan-o <解>(발)뒤꿈치, (양말,신발) 뒤축

-이젠 요정 헬레나가 사는 궁전으로 나를 데려가 줘.
그 청년은 답했다. 산비둘기들은 다시 날기 시작하자, 청년은 바람보다 더 빨리 그들을 뒤쫓아 자신의 말로 달려갔다, 그렇게 달려가다가 갑자기 청년은 말이 멈추고는 걱정스레 물러났다. 그 바람에 그는 하마터면 말에서 떨어질 뻔했다.
그들이 바로 헬레나 요정이 사는 궁전 앞에 섰다. 그리고 그곳의 찬란한 밝음은 그가 탄 말을 두렵게 만들었다. 그가 봉사해온 왕궁도 아름다웠으나, 이 궁전은 이 세상 무엇과도 비교할 수 없을 정도였다. 이 궁전은 7개 층으로 되어 있고, 층마다 황금 유리로 된, 일천 개의 창문이 달려 있었다. 궁전은 온 도시만큼이나 컸지만, 궁전은 수탉의 발뒤꿈치 위에서 회전하고 있었다.
-그런데, 저곳까지 내가 왔지만, 하지만 절대로 나는 저 궁전 안으로는 갈 수 없겠는걸.
그 청년은 말했다.
-그리 슬퍼하지는 마세요, 우리의 깃털 중 하나만 꺼내 그것으로 저 수탉의 발뒤꿈치를 건드리기만 하면, 당신은 저 궁전이 더는 돌지 않고 멈추는 걸 보게 될 거예요.
그 산비둘기 중 하나가 말했다. 그 청년에겐 두 번의 격려가 필요 없었기에, 손과 발을 다해 그 수탉의 발뒤꿈치까지 올라가서는 그곳을 그 깃털로 건드리자, 정말 기적이! - 그렇게 돌고 있던 궁전이 흔들리기 시작하더니, 한순간에 멈춰버렸다. 그 궁전이 회전을 멈추자, 그 속에서 한 아름다운 요정이 열정적으로 달려왔고, 머리를 좌우로 살펴보더니, 마침내 그 청년을 발견했다.

- Kiu vi estas kaj kiu vento vin portis ĉi tien?
La junulo dece rakontis ĉion:
- Majesta fereĝidino, mi estas koĉero de la blanka reĝo, kaj mi venis porti vin al li.
- Mi aŭdis jam pri la blanka reĝo - diris Helena la Feino -, kaj mi scias ankaŭ, ke li volas edzinigi neniun alian, nur min. Sed vane vi venis ĉi tien, junulo, ĉar mi perdis mian fianĉinan ringon dum banado, kaj mi povos edziniĝi, nur se ĝi retroviĝos.
Ekmalĝojis la junulo, eĉ longiĝis liaj oreloj kaj lipharoj. Kie li serĉu tiun ringon?
Helena klarigis al li, ke proksime al la palaco estas lago, tie ŝi perdis la ringon; se li havas emon, li serĉu ĝin tie.
La junulo tuj iris al la bordo de la lago.
Li cerbumis,[206] malĝojis, preparis sin por senvestiĝi, sed antaŭ ol li senvestiĝus, li rememoris pri la ezoko, eble tiu vere povus helpi lin.
Li skuetis la tri skvamojn, kaj jen, la ezoko tuj aperis apud li. ĝi demandis la junulon:
- Nu, kara mastro, kio okazis?
La junulo rakontis ĉion.

---

206) cerb-o 뇌(腦), 머리; <解> 대뇌(大腦); 두뇌; 사고(思考). cerbaĵo 골. eto <解> 소뇌(小腦). cerbujo <解> 두개(頭蓋), 두개골(頭蓋骨). cerbumi <自> 머리쓰다, 생각하다.

-누구요, 당신은? 또 무슨 바람이 당신을 이곳으로 오게 했는가요?
그 청년은 상황에 맞게 지금까지의 일을 모두 말했다.
-요정 나라의 공주님, 저는 하얀 왕의 마부입니다. 저는 당신을 저희 왕국의 왕에게 모시러 왔어요.
-나는 이미 그 하얀 왕에 대해 들은 바 있어요. 그러고 나는 그이도 나를 빼놓고는 다른 사람과는 결혼하고 싶지 않음을 알고 있어요. 하지만 당신, 청년인 당신이 이곳에 온 것은 안타까운 일이네요. 왜냐하면, 내가 목욕하면서 내 약혼반지를 잃어버리는 바람에, 내가 그것을 찾지 못하면 결혼도 할 수 없어요.
헬레나 요정은 말했다.
그때부터 그 청년은 슬퍼하였다가, 그의 귀와 턱수염이 길어지기조차 했다. 어디서 그가 그 약혼반지를 찾는단 말인가? 헬레나는 그에게 설명하길, 왕궁 근처에 호수가 있는데, 그곳에서 그녀가 그 반지를 잃어버렸다고 했다. 그가 그걸 찾을 생각이 있으면, 그 반지를 찾으러 그곳에서 가 보라고 제안했다.
청년은 곧장 그 호숫가로 갔다. 그는 고심하고, 슬퍼하고, 자신의 의복을 벗을 준비도 하였다. 그가 옷을 벗기 바로 직전에, 그는 그 민물 꼬치고기가 생각나, 아마 그것이 필시 그를 도울 것으로 생각했다. 그가 3개의 비늘을 흔들어 보이자, 그 민물 꼬치고기가 그 옆에 나타나는 것이 아닌가. 그 민물 꼬치고기가 그 청년에게 물었다. -그래, 주인님, 무슨 일인가요?
청년은 이 모든 것을 자세히 알려 주었다.

– Tio estas vere granda malbono, sed ne malĝoju, ĉar ŝajnas, ke mi aŭdis pri tio, ke la ringo nun estas en la ventro de rano. Mi portos al vi tiun ranon, se necese eĉ el la Fabeloceano.

La ezoko abrupte malaperis, kaj la junulo atendis sur la bordo de la lago.

Kaj ĉu vi kredas tion, ĉu ne: ne pasis eĉ duonhoro, venis la ezoko kaj kun ĝi rano grandega kiel domo.

– Kio do! – ekkriis la junulo. – ŝajne ĝi estas mia rano!

Jes, certe estis ĝi. Kaj ankaŭ la rano rekonis la junulon, kaj diris:

– Kio do! Mia iama mastro!

– Ho, kara rano mia – diris la junulo –, se vi havas la ringon de Helena la Feino, redonu ĝin, mi rekompencos vin, se mi povas!

– Volonte, amiko – diris la rano –, nur se ĝi estas en mia ventro: ĉu ĝi estas tie, ĉu ne tie? Nu, tuj ni ekscios tion.

Ĝi elrampis sur la bordon de la lago, kaj komencis vomi.

Kaj jen, baldaŭ elruliĝis tra ĝia buŝo brila diamanta ringo.

Kuris la junulo por preni ĝin, sed en tiu momento aperis leporo kaj kaptis la ringon, kaj ek!

-그렇다면 그건 정말 큰 불행이군요. 하지만 그리 슬퍼하진 말아요. 왜냐하면, 제가 그 이야기를 들어보니, 바로 그 반지가 지금 개구리 배 속에 있다고 해요. 제가 그 개구리를 주인님께 데려다 줄께요. 만일 그 동화의 대양을 건너는데 필요하다면요...

그 물고기가 그러고는 갑자기 사라져 버렸다. 그 청년은 그 호숫가에서 기다리고 있었다.

그리고는 여러분이 믿든지, 믿지 아니하든지, 반 시간이 채 지나기도 전에 그 물고기가 다시 나타나더니, 집채만큼 큰 개구리와 함께 나타나는 것이 아닌가!

-아니 저 개구리는! 필시 내가 만난 그 개구리구나.

청년은 놀라 외쳤다. 그랬다. 정말 그 개구리였다. 또 그 개구리도 그 청년을 알아보고는 말했다.

-어찌 이럴 수가! 오, 한때의 저의 주인이시군요!

-그래 귀한 내 개구리구나, 만일 네가 헬레나 요정의 반지를 갖고 있으면, 나에게 그걸 돌려다오. 내가 너에게 할 수 있다면, 보상을 해 주마. 그 청년은 말했다.

-기꺼이 드리지요, 친구님, 만일 그게 제 배 속에 있다면요. 그 반지가 제 배의 이쪽에 있나요, 아니면 여기에요? 그럼, 곧 우리는 그 결과를 알게 되겠지요?

그 개구리가 말했다. 개구리가 호숫가로 올라와서는 자신이 먹은 것을 모두 토하기 시작했다. 그러자, 곧 그의 입을 통해 반짝이는 다이아몬드 반지가 굴러 나왔다. 그 청년이 그 반지를 집으려고 달려갔는데, 바로 그 순간, 토끼 한 마리가 나타나 그 반지를 집어, 어이쿠, 저런, 달아나 버리네!

Ĝi forkuris kun la ringo tra montoj kaj valoj.
Ektimis la junulo, volis postkuri la leporon, sed klariĝis al li, ke vane li farus tion, estos pli bone voki la ĉaŝundon.
Li skuetis la tri harojn, kaj tuj aperis antaŭ li la ĉaŝundo.
- Kion vi ordonas, kara mastro?
- Mi ordonas al vi, ke vi kaptu tiun leporon. ĝi kuras tie, forŝtelinte la diamantan ringon.
Apenaŭ li eldiris ĉion ĉi, la ĉaŝundo kuregis kiel rapida vento, kaj dum momento ĝi kaptis la leporon, kaj puŝis ĝin al la tero, ke la ringo elruliĝis el ĝia buŝo.
La hundo kaptis kaj portis ĝin al la junulo.
La junulo iris ĝoje en la palacon, kaj jam de malproksime li montris la ringon al Helena la Feino.
Li komencis paroli jene:
- Sed nun jam vi venos kun mi, bela fereĝidino!
Helena la Feino respondis:
- Mi ne povas iri ankoraŭ, junulo, ĝis vi portos al mi kruĉeton el akvo de la vivo, kaj el tiu de la morto.
La junulo malĝojis, la malgajo kaj ĉagreno preskaŭ mortigis lin.
- Eĉ tion mi ne scias, kie ili fontas - diris la junulo.

토끼가 그 반지를 들고 저 산으로, 계곡으로 달아나 버리는 것이 아닌가!
청년은 두려움과 걱정으로 그 토끼를 뒤쫓아 갔지만, 토끼를 쫓는 일이 쉽지 않음을 판단하고는, 사냥개를 부르는 편이 낫다는 생각이 순간 들었다. 그는 3개의 털을 흔들었더니, 곧 그의 앞으로 사냥개 한 마리가 나타났다.
-무슨 명령할 일이 있는가요, 주인님?
-내 너에게 명령한다. 너는 저 토끼를 잡아 오너라. 저 토끼가 저쪽으로 내 다이아몬드 반지를 훔쳐 달아났구나.
그가 이 말을 마치자말자, 그 사냥개가 마치 빠른 바람처럼 내달리더니, 잠시 뒤에 토끼를 붙잡아, 토끼를 땅으로 밀치자, 그 반지가 그의 입에서 굴러 나왔다. 그 사냥개는 그 반지를 챙겨서 그 청년에게 가져다주었다.
이제 청년은 기쁘게도 궁전으로 다시 왔다. 이미 궁전 저 멀리서 청년은 요정 헬레나에게 그 반지를 보여주었다. 그는 이렇게 말을 시작했다.
-그러나 이젠 당신은 이미 나와 함께 가야겠어요, 아름다운 요정 나라 공주님!
-그래도 저는 아직 당신을 따라갈 수 없어요. 왜냐하면, 당신이 내게 생명의 물 주전자와 죽음의 물 주전자를 가져다줘야 해요.
그 말에 그 청년은 또 다시 슬픔에, 우울함에, 비탄에 빠져 거의 자신을 죽음으로 내몰 지경이었다.
-그것조차도 어디에 있는지 저는 모릅니다.
그 청년은 말했다.

- Vi ekscios, se vi serĉos ilin. Jen, mi donas al vi du orajn kruĉojn,[207] kaj iru laŭ via nazo.
La junulo eliris el la palaco, li iris, iradis, haltis tie kaj tie, sed renkontis neniun, kiun li povus demandi, kie estas la akvo de vivo kaj morto?
Li ekhavis la ideon voki la palumbojn, eble ili scias pri ĝi. Li prenis la plumojn el sia sako, skuetis ilin, kaj la palumboj aperis tuj antaŭ li.
- Kio okazis al vi, kara mastro? - demandis unu el la palumboj. - Mi vidas, ke vi tre malĝojas.
- Kiel mi ne malĝojus, se Helena la Feino deziras, ke mi portu al ŝi kruĉon el la akvo de la vivo, kaj el tiu de la morto.
- Nu, se ŝi deziras tion, donu al ni ambaŭ kruĉojn, kaj ni tuj portos al vi el tiuj akvoj. Sed jam nun ni avertas[208] vin, estu singarda, ĉar se nur eta guto el la akvo de la morto tuŝos vin, vi pereos.
Eldirinte tion, la palumboj forflugis malproksimen.
Tie, unu apud la alia bobelis[209] la akvo de vivo, kaj tiu de morto.

---

207) kruĉ-o 주전자. kafokruĉo 커피 주전자. tekruĉo 차주전자. kruĉeto 양념병[그릇]《식탁의 소금 · 간장 · 고추가루 등》.
208) avert-i <他> 경고하다, 충고하다, 훈계하여 시키다.
209) bobel-o =blazo 거품, 물거품. bobeli <自> 거품이 나다.

-만일 당신이 그걸 찾으려 한다면, 곧 알게 될 거에요. 그리고 당신에게 황금 주전자 두 개를 주겠어요. 그걸 갖고 당신의 코가 가리키는 대로 가보세요.
청년은 궁전에서 나와, 걷고 또 걷고, 이곳저곳에서 멈추었으나, 생명의 물과 죽음의 물이 어디에 있는 물어볼 수 있는 사람을 아무도 만나지 못했다. 그는 산비둘기들을 불러 보고픈 생각이 들었다. 아마 그들은 그걸 알고 있지 않을까 해서. 그래서 그는 자신의 등짐에서 그 산비둘기 깃들을 꺼내 흔들자, 그 산비둘기들이 곧장 그 청년 앞에 나타났다.
-무슨 일인가요, 사랑하는 주인님?
그 산비둘기 중 한 마리가 말했다.
-주인님은 뭔가로 아주 슬픔에 잠겨 있음을 보고 있답니다.
-요정 헬레나가 나더러 **생명의 물**과 **죽음의 물**이 든 주전자를 가져다 달라고 하는데 내가 어찌 슬퍼하지 않을 수 있겠는가?
-그런데, 만일 그 요정이 원한다면, 저희에게 먼저 그 주전자 두 개를 주세요. 그러면 우리가 그 물을 담아서 가져다드릴게요. 또 지금, 맨 먼저, 주인님은 이점을 조심해야 합니다. 이건 아주 조심해야 하고 중요하답니다. 만일 그 중 **죽음의 물**을 한 방울이라도 몸에 닿으면, 죽는다는 걸요.
그 말을 마친 산비둘기들은 저 멀리 날아가 버렸다. 그곳에는 나란히 **생명의 물**과 **죽음의 물**이 보글보글 거품이 일고 있었다.

Ili plenigis ambaŭ kruĉojn, zorge fermis ilin, kaj reflugis al la junulo.
La junulo kuris en la palacon, portante la akvon de vivo kaj tiun de morto. Helena la Feino miris, miregis! ŝi neniam kredus, ke la junulo povos plenumi eĉ tiun ŝian deziron.
- Nu, se vi ne kredus tion, nun vi venos kun mi, Helena la Feino!
- Jes, jes, nepre - diris Helena -, nur mi volas kunfaldi mian palacon. Ni iru al la mezo de la korto.
Kiam ili eliris al la korto, Helena la Feino per sia ora bastoneto svingis al la palaco el ĉiuj direktoj, kaj la palaco komencis ŝrumpi,[210] ĝi ŝrumpis ĉiam pli, kaj fine ĝi jam ruliĝis sur la tero, kiel pilko.
- Jen, junulo, metu ĝin en vian sakon!
Li metis ĝin en sian sakon, poste ili elektis du orharajn ĉevalojn, la plej bonajn, sursidis ilin, kaj ek!, ili flugis kiel fluganta penso.
Matene ili ekiris, kaj tagmeze jam estis en la kortego de la blanka reĝo.
La reĝo ĝojegis, li ne sciis kion fari por la granda ĝojo.
Li volis tuj edziĝi al Helena.

---

210) ŝrump-i [OA] <自> 주름살지다; 시들다, 위축(萎縮)하다, 오그라들다, 줄다, 줄어들다; 움추리다.

산비둘기들은 그 물을 두 주전자에 가득 채워, 조심조심해서 주전자를 닫고 흘리지 않게 해서는 청년에게 다시 날아왔다. 청년은 그 **생명의 물**과 **죽음의 물**을 가지고 궁전으로 달려갔다. 요정 헬레나는 놀라고 또 깜짝 놀랐다!

그녀는 한번도 청년이 그런 그녀의 염원을 실현해 주리라고는 믿지 않고 있었다.

-그래요, 만일 그걸 믿지 못했다 하더라도, 이젠 당신은 나와 함께 우리나라로 가요. 헬레나 요정이여!

-그래요, 그래요, 반드시. 그렇게 헬레나가 말했다.

-그런데 또 한가지, 내가 살던 궁전을 접어 두고 싶어요. 우리가 정원의 중앙으로 가요.

그들이 정원으로 나갔을 때, 헬레나 요정은 자신의 황금 젓가락을 사방에서 그 궁전을 향해 흔들자, 그 궁전은 수축해지기 시작하더니, 여전히 더 작아지더니, 마침내 그 궁전은 마치 땅 위의 공처럼 구를 수 있게 되었다.

-그래요, 청년이여, 이젠 이것을 당신의 등짐에 넣어요!

그는 그 궁전을 자신의 등짐에 넣고는, 그 둘은 두 마리의 황금 털의 말 중 가장 나은 말 위에 앉고, 이젠 출발! 그들은 마치 나르는 생각처럼 그 속도로 날아갔다. 아침에 그들은 출발했고, 점심 때 그들은 그 하인이 봉직하던 그 하얀 왕의 궁전에 이미 도착했다. 왕은 아주 아주 기뻐했다. 그 왕은 그 큰 기쁨에 대해 뭐라 행동할지 몰랐다. 그는 곧장 그 요정인 헬레나에게 결혼하고 싶었다.

Sed post kiam ili altabliĝis, manĝis, trinkis, konversaciis, iel metiĝis tien ankaŭ la du oraj kruĉoj, kaj Helena prenis ilin tiel, ke guto falis sur la manon de la junulo.

En la sama momento li mortis.

Estis granda ektimo kaj malĝojo.

La reĝo ŝiradis la proprajn harojn pro la ĉagreno.[211]

Elkore li bedaŭris pro la ŝatata, kara servisto.

Helena la Feino diris:

- Nu, se tiom vi ĉagreniĝas, do lasu la malĝojon, ĉar tuj mi revivigos lin.

Ŝi prenis la alian kruĉon, en kiu estis la akvo de vivo, ŝprucis el ĝi sur lin, kaj la junulo tuj vekiĝis, kaj li estis multe pli bela kaj juna, ol pli frue.

La reĝo vidis tion, kaj pensis: "Certe ne malutilus al mi juniĝi iom!"

Kaj li prenis la kruĉon, kaj verŝis sur sin la tutan akvon.

Nu, kompreneble li mortis, ĉar li verŝis sur sin la akvon de morto.

Kaj en la alia kruĉo eĉ guteto da akvo ne restis, ĉar Helena la Feino verŝis ĉion sur la junulon.

---

211) ĉagren-i [타] * ~를 괴롭히다, ~에게 불쾌하게 하다, 귀찮게(성가시게)굴다, 속태우다. * 심히 마음의 고통을 일으키다, 마음을 아프게 하다, 고민하다, = aflikti.

그러나, 그들 셋이 한 탁자에 앉아, 밥을 먹고, 음료수를 마시고 대화를 나누면서, 어떻게 그 황금 주전자 2개도 그 식탁 가운데 놓이게 되었단다. 그런데 헬레나가 갑자기 그 주전자 하나를 들어, 그 안의 내용물을 그 청년의 손에 떨어뜨렸다. 바로 그 순간 그가 죽어버렸다. 깜짝 놀람과 두려움과 슬픔이 있었다.

그 왕은 슬픔으로 인해 자신의 머리카락들을 자르기 시작했다. 진심으로 그는 자신의 사랑하고 아끼던 귀한 하인이 죽자 정말 안타까워했다.

요정 헬레나가 말했다.

-자, 왕이시여, 만일 그만큼 비탄해 빠져 있다면, 이젠 그 슬픔을 거두세요. 왜냐하면, 곧 나는 그 청년을 되살릴 겁니다.

그녀는 다른 주전자를 집어 들어, 그 주전자 안에는 **생명의 물**이 있었는데, 그 물을 그의 몸 위로 부으니, 그 청년은 다시 곧장 깨어났고, 그는 이전보다 훨씬 더 아름답고 늠름했다. 왕은 그것을 보고는 생각했다.

'분명 내게도 조금 젊게 하는 것은 의미가 없지 않겠구나!'

그래서 그는 식탁에 놓인 다른 주전자 하나를 들고서, 자신 위에 그 주전자의 물을 다 쏟았다. 그 바람에 물론 그는 죽었다. 왜냐하면, 그는 자신 위에 **죽음의 물**을 쏟았기 때문이다.

다른 주전자에는 한 방울의 **생명의 물**도 남아 있지 않았다. 왜냐하면, 요정 헬레나는 그 모든 **생명의 물**을 그 청년에게 쏟았기 때문이었다.

- Ej, li mortis! - diris Helena la Feino.
- Jes ja, vere - konfirmis la junulo.

Kion fari?

Se li mortis, do estas necese entombigi lin.

Kaj la malriĉan junulon tuj post la entombigo oni elektis reĝo.

Mankis en la lando alia homo, kiu taŭgus[212] por tiu ofico. Kaj Helena la Feino diris:

- Aŭdu, mi forlasis mian landon nur por vi, do, mi estu la via, vi estu la mia, nin disigu nur la morto.

La junulo volonte konsentis.

La oran pilkon ili rulis al la mezo de la korto, Helena svingis per la ora bastoneto, kaj dum momento kreiĝis tie tia palaco, ke ĉiu en la mondo venis por admiri ĝin.

Nu, kiu venis tien, ne pentis sian agon, ĉar la geedziĝa festeno daŭris sep semajnojn.

Sufiĉis platoj kaj teleroj, malpli vino kaj vinberoj, iuj manĝi povis, aliaj nur provis; fine la geedzoj dum la nokta malhelo sidiĝis en nuksoŝelo kaj nun flosas sur rivero ...

Morgaŭ ili gastu ĉe vi!

---

212) taŭg-i <自> 적합하다, 적용(適用)하다. 쓸데있다, 쓸모있다, 쓸만하다; (어떤 일을) 할 수 있다. (어떤 일에) 적합하다, 적당하다 <taŭgi 는 konveni보다 범위가 넓음. Konveni는 특수 용도에 편리함을 __하고 taŭgi는 범벅한 모든 용도에 있어 적합함을 __함. servi는 필요에 의한 무엇으로 '쓰이다'로 모든 것에 적합[적당]한 것이 아님>.

-어이쿠, 왕이 돌아가셨네요! 요정인 헬레나가 말했다.
-그래요, 정말, 그리되었네. 그 청년이 확인했다.
어떡하지? 만일 왕이 돌아가셨다면, 그 왕을 위해 관을 만들어 그 속에 왕의 시신을 넣는 것이 필요했다.
그리고 묘지에 넣는 장례식을 끝낸 뒤, 사람들은 그 가난한 청년을 왕으로 추대했다. 그 나라에는 그 직무에 맞는 적당한 다른 사람이 없었기 때문이었다.
 그리고 그 요정인 헬레나는 이렇게 말했다.
-들어봐요, 저는 오로지 당신을 위해 내 나라를 이미 떠나 이곳에 왔어요. 그러니 내가 당신에게 속해 있야 하고, 당신 또한 나에게 속해 있어야 하니, 우리는 죽음만이 우리를 갈라놓을 수 있어요.
청년은 기꺼이 동의했다. 그들은 자신이 가져온 황금공을 그 정원의 가운데로 굴렸다. 헬레나가 자신의 황금 젓가락을 휘두르자, 바로 그 순간 그곳에는 이 세상의 모든 사람이 그것을 찬미하는 그런 궁전이 생기게 되었단다. 이제, 그곳에 사람들이 많이 축하하러 왔다. 그러나 그곳에 온 사람들은 자신이 이곳에 온 것을 후회하지 않았다. 왜냐하면, 결혼식 축연은 일곱 주간이나 계속되었다. 접시들과 쟁반들이 충분했고, 다소의 포도주와 포도들이 놓여 있었다. 어떤 사람들은 먹을 수 있고, 다른 사람들은 먹기를 시도할 뿐이었다. 마침내 어두컴컴한 밤에 그 신혼부부는 호두껍질 속에 앉아서, 지금 저 강 위에서 배를 타고 지나고 있단다...
내일 그들을 당신의 집에 초대해 보세요!

LA ORA SAGO

Ĉu estis, ĉu ne estis, trans sepdek sep landoj vivis foje reĝo, kiu havis belan ĝardenon, kian ankoraŭ ne vidis homaj okuloj.

Ĉar en tiu ĝardeno - eksciu ĉiuj - kreskis silka herbo. Sed vane ĝi kreskis, ĉar la reĝo ne povis ĝoji pro ĝi. Kiu kreskis tage, nokte ĉiun manĝis ia ĉevalaro; kia ĉevalaro, tion neniu sciis. Ili starigis gardistojn, ne unu, sed cent.

Sed nokte je la dekdua horo ekblovis dormiga venteto, la gardistoj ĉiuj falis teren kaj dormis ĝis mateno.

La reĝo malgajis, li jam ne povis kion fari. Foje li diskonigis[213] en la tuta lando, ke li donos sian filinon kaj la duonon de la lando al tiu, kiu gardos la ĝardenon, estu li ies ajn filo.

Kaj venis la homoj el ĉiuj direktoj, kaj el lia lando kaj el eksterlando: princoj, grafoj,[214] baronoj[215] kaj bravaj ciganoj.

Sed honte ili ĉiuj devis hejmeniri, ĉar neniu el ili povis eviti[216] endormiĝon.

---

213) kon-i <他> 알다, 알고있다; …과 아는 사이다, …과 친하다; (경험·체험을 통하여) 알다. konu vin mem 자신을 알라. dis konigi (소식 등을) 산포(散布)하다, 전파하다, 선양(宣揚)하다

214) graf-o 백작(伯爵). vicgrafo 자작(子爵).

215) baron-o [OA] 남작(男爵). baroneto 준(準)남작.

216) evit-i [G6] <他> 피하다, 회피하다, 비키다 evitebla 피할수 있는; evitema 핑계잘하는, 회피적인; maleviti 대담히 상대하다, 맞서다;

황금 화살

그런 일이 있었든지, 없었든지 간에, 일흔일곱 나라 너머에 아름다운 정원을 가진 어떤 왕이 살고 있었단다. 그런데 그 정원은 아직 사람들의 눈에는 알려지지 않은 정원이었단다. 왜냐하면, 그 정원에는 -모두가 알아 둬요 -은빛 풀이 자라고 있었단다.

그러나 안타깝게도 그 풀이 자라도 왕은 기뻐하지 못했다. 낮에 자라던 풀이 밤만 되면 한 무리의 말이 달려와, 이 모든 풀을 다 먹어버리는 것이 아닌가. 어떤 종류의 말무리인지 그걸 아는 이는 아무도 없었다.

그래서 그 나라에는 그 은빛의 풀밭을 지키는 병사를 한 명이 아니라 100명을 세웠다. 그런데 밤 12시만 되면 그 병사들은 갑자기 불어오는 약한 바람에 그만 잠에 빠져 들어, 모두 땅에 쓰러져 아침이 될 때까지 잠들어버렸다.

그러자 왕은 어찌할 바를 몰라 우울했다. 그래서 한번은 왕이 전국에 방을 붙여, 이 정원을 지켜내는 정원사가 있다면, 그이에게 공주를 주고, 이 나라의 절반도 주겠다며, 또 그를 만인의 아들로 대우해 주겠노라고 했다. 그래서 방방곡곡에서 사람들이 모여들었는데, 그 왕이 사는 나라는 물론이거니와 또 외국에서도 모여들었다. 그중에는 왕자도 있고, 백작도 있고, 남작도 있고 또 용감한 집시까지도 있었다. 그러나 부끄럽게도, 그들 모두는 집으로 돌아가야 했다. 그들 중 아무도 그렇게 잠이 와, 이 잠을 이길 수 없었기 때문이었다.

La dormiga venteto venkis[217] ĉiujn.
En la lando de la reĝo vivis malriĉulino kun sia brava, lerta filo.
Tiu knabo estis fama en sep landoj, eĉ trans ili.
Li povis antaŭdiri la estonton, se li havis emon por tio.
Ĉu tio estis vero aŭ ne - mi ne scias -, sufiĉu, ke ankaŭ tiu knabo ekiris por provi sian ŝancon.
Lia patrino bakis en cindro[218] paneton, kaj li ekiris sen halto ĝis la urbo de la reĝo.
Li iris rekte al la reĝo kaj raportis, ke je vivo, je morto, li gardos la silkan ĝardenon.
- Bone, knabo - diris la reĝo -, tion jam diris multaj miloj, sed neniu sukcesis ĝin gardi.
Sed mi diras ankaŭ al vi tion, kion al la aliaj: je mia vorto, mi donos al vi mian filinon kaj la duonon de la lando, se vi gardos la silkan ĝardenon.
La knabo iris el la palaco al la ĝardeno.
Sed kiam li volis eliri tra la pordo, saltis[219] antaŭ lin museto kaj diris:

---

217) venk-i [G6] <他> 싸워서 이기다, 이기다, (곤란 · 장애 등을) 극복(克服)하다 ; 정복(征服)하다. venko 승리(勝利). venkanto, venkinto 승리자. venkebla 이길 수 있는, 극복할 수 있는, 이겨낼 수 있는
218) cindr-o [G9] * 재. cindro de ligno, papero, herboj 나무가, 종이가, 풀이 타고 남은 재; * 시체가 타고 난 재.
219) salt-i [G4] <自> 뛰다, 뛰어오르다, 도약(跳躍)하다; 약동(약진)하다; (물가 등이) 폭등하다, 오르다.

잠들게 만드는 그 약한 바람이 이 모든 도전자를 이겨버렸으니.

그런데 왕이 사는 그 나라에는 어느 가난한 사람이 살았다. 그에게는 용감하고 재능있는 아들이 있었다. 그 아들의 용감함은 일곱 나라, 아니 더 멀리까지 명성이 자자했다. 그는 미래를 두고 관심을 가지기만 하면, 그 미래를 예측할 수 있기 때문이었다.

그게 진실이든 아니든 간에, -나는 모르지만- 이 소년은 자신도 한 번 그 정원사 자리에 도전해보고 싶어 왕궁으로 출발했다는 점만으로도 충분했다. 아들이 먼 여행길에 오른다는 것을 알게 된 어머니는 잿더미 속에 구워 만든 작은 빵을 아들에게 주었다. 그 아들은 왕이 거주하는 서울까지 쉬지 않고 여행했다.

그리하여 그는 왕을 직접 찾아뵙고, 자신의 생명을 걸고, 또 죽음도 걸고, 은빛 정원을 지키겠다고 의지를 밝혔다. 그러자, 왕은 말하였다.

-그래, 소년아, 이미 수천 명이 그런 말을 했지만, 아무도 그 정원을 지키는 데 성공하지 못했구나. 하지만 나는, 이미 다른 사람에게 말했듯이, 너에게도 똑같은 기회를 주겠노라. 만일 네가 그 은빛 정원을 지킨다면 내가, 맹세코, 너에게 내 딸과 이 나라의 절반을 주겠노라.

소년은 그 궁전에서 물러나, 정원으로 가보았다. 그러나 그가 궁전의 출입문을 나서려는데, 그의 앞으로 작은 생쥐 한 마리가 뛰어나와, 말을 걸었다.

- Dio benu vin, bona knabo, donu el mi paneron, ekde mateno mi manĝis nenion.
- Kial ne, mi donas volonte - diris la knabo -, prenu, kompatinda museto, manĝu.
Kaj li prenis el sia saketo la paneton, ŝiris el ĝi pecon kaj donis al la museto.
La museto tuj formanĝis ĝin kaj diris al la knabo:
- Pro bonfaro atendu bonfaron. Multajn milojn da knaboj mi jam haltigis antaŭ tiu ĉi pordo, petante paneron, sed neniu donis. Kaj kia ago, tia pago. aŭskultu, knabo, mi scias, kion vi celas. Ĉu vi vidas tiun ĉi trueton sur la barilo? Iru tien, promenadu ĉe la trueto kaj ne timu. Vane blovos[220] la dormiga venteto, vi ne ekdormos. Noktmeze venos la ĉevalaro de la fereĝo, kun granda bruo, kun terura[221] henado.[222] Faru nenion alian, nur ĵetu tiun ĉi oran sagon antaŭ la ĉevalaron. Kaj poste trankvile vi povos kuŝi, dormi, ĝis mateno kreskos la silka herbaro, ke ĝi atingos ĝis zono.

---

220) blov-i <自・他> (바람이) 불다
221) terur-o 공포(恐怖), 경악(驚愕), 전율(戰慄). teruri <他>전율케 하다, 공포에 싸이게하는, 무시무시한, 참담한, 전율케하는; 강렬(强烈)한, 깊은. terure 무섭게;강렬히, 극단(極端)으로, 대단하게.
222) hen-i <自> (말이) 울다.

-하나님이 착한 소년인 당신을 축복하소서. 아침부터 제가 아무것도 먹지 못했는데, 빵을 좀 줄 수 있겠어요?

-왜 아닌가, 내가 기꺼이 주지 뭐.

소년은 말했다.

- 이걸 가져, 불쌍한 생쥐야, 먹어 봐.

그리고 그는 자신의 가방에서 빵을 꺼내, 그걸 조각내어, 생쥐에게 주었다. 그 생쥐는 그것을 곧장 먹어치우고는, 소년에게 말해 주었다.

-제게 좋은 일을 했으니, 좋은 일이 생길 거예요. 여길 지나가던 수천 명의 사람에게 빵 한 조각 구걸해도, 아무도 제 말을 들어주지 않았어요. 그러니, 그만한 행동에는 그만한 대가가 있지요. 이제 제 말을 들어보세요. 소년이여, 저는 당신이 뭘 목표로 하는지 잘 알아요. 이 울타리에 생긴 저 작은 구멍을 볼 수 있지요? 그곳으로 가서, 저 구멍 근처에서 산책을 해봐요. 또 두려워해서는 아니 되고요. 그 잠들게 만드는 약한 바람이 불어와도 당신은 그 잠에 빠져들지 않을 거예요. 자정이 되면 요정 왕국에서 오는 요란하게, 또 공포감을 주는 왕의 말들이 히힝-거리는 소리를 내며 무리 지어 지나갈 거예요. 그때 아무것도 하지 말고, 그 말무리를 향해 이 황금 화살만 쏘세요. 그러고 나면 조용히 당신은 누워 잘 수 있고, 아침에 은빛 풀이 자라날 것이고, 그것이 당신 허리까지 오게 될 겁니다.

Sed samtempe mi diras, ke ne estu trankvila ĝis vi mortigis tiun homon, ĉe kiu poste vi trovos la oran sagon, ĉar tiukaze[223] li mortigos vin.
La knabo dankis pro la ora sago, adiaŭis la museton, iris al la trueto kaj komencis promenadi tien kaj reen. Subite ekblovis dormiga venteto. Komence nur super la barilo, poste ankaŭ tra la trueto. Venis la ĉevalaro kun granda bruo, henado: tie estis almenaŭ mil orharaj ĉevaloj, se ne pli. Nu, la knabo ne kalkulis ilin, sed prenis la oran sagon kaj ĵetis ĝin antaŭ la ĉevalaron.
Poste li kuŝiĝis ĉe la barilo[224] kaj profunde ekdormis. Matene venis la reĝo, rigardis la ĝardenon, miregis vidante la herbon. Venis ankaŭ la korteganoj, serĉis la knabon: kaj jen, li kuŝis ĉe la barilo. Ili vekis, starigis lin kaj demandis:
- He, ĉu vi gardis la ĝardenon?
- Nu jes, mi kaj ne vi! - respondis la knabo.
Sed tuj ili ŝanĝis[225] la tonon:[226] levis la knabon kaj tiel portis lin al la reĝo.

---

223) kaz-o <文>격(格); 경우, 마당; 실정, 사정;상태;<醫>병세(病勢), 환자(患者);<法>소송사건(訴訟事件); 문제(問題)
224) bar-i <他> (길을) 막다, 훼방하다. baro 장애(障碍), 지장(支障). baraĵo 장애물. barilo 울타리, 장벽
225) ŝanĝ-i <他> 바꾸다; 변경하다, 변동하다. ŝanĝa 변하는. ŝanĝema 잘[쉬] 변하는. ŝanĝiĝi 변하다.
226) ton-o <樂>(악)음((樂)音); 전음정(全音程);(단조로운) 곡조(曲調), 음조(音調), 음색(音色), 조(調);어조(語調);<音聲>음의 고저(高低);억양(抑揚); (사상 . 감정 등의)경향(傾向), 풍조(風潮); 색조(色調).

하지만 동시에 나는 말할게요. 당신이 그 사람을 죽일 때까지 마음을 놓지 마세요. 그 사람은 나중에 당신이 만나게 될 사람인데, 그에게 황금 화살이 있을 것이고, 그 때문에 당신이 죽임을 당할 수도 있기 때문이에요.

소년은 그 황금 화살을 받아 들고 고마워하고는 생쥐와 작별하고, 작은 구멍이 있는 그곳 가까이 가서 여기저기로 산책해 보기 시작했다.

갑자기 잠이 오게 하는 그 약한 바람이 불었다.

처음에는 그 울타리 위로, 나중에는 그 작은 구멍으로도 그 약한 바람이 불어 왔다. 요란하게 히힝-거리는 소리를 내며 그 말무리도 왔다. 자신이 있는 자리에서 소년이 살펴보니, 그 말무리에 속한 말의 수효가 황금빛 머리를 가진 1,000마리가 더 되어 보였다. 그래서 그 소년은 그들을 헤아리는 대신 자신이 가진 황금 화살을 집어 들어, 그것을 그 말무리로 향해 던졌다.

그러고는 그는 그 울타리에서 누워, 깊이 잠을 잤다.

아침에 왕이 와서 그 정원을 보고 한번 놀라고, 또 그 풀을 보고 또 한번 깜짝 놀랐다.

왕궁의 다른 사람들도 와서, 그 소년을 찾았다.

그런데 그 소년은 여전히 그 울타리 곁에 누워 있었다.

그들은 그를 깨워, 일으켜 세워서는 그에게 물었다.

-어이, 자네가 이 정원을 지켰는가?

-예, 예, 제가 지켰어요, 당신들이 아니고요!

그 소년은 대답했다.

그러나 곧 그들은 말의 어조를 바꾸고는, 그 소년을 공손히 들어 올려, 왕 앞으로 데리고 갔다.

- Vi estas brava homo, filo mia - diris la reĝo.
- Mi plenumos mian promeson, kaj donos al vi mian filinon kaj la duonon de la lando.
- Dankon pro via boneco, reĝa moŝto - diris la knabo -, sed mi ne edziĝos ĝis mi ne retrovis la oran sagon.
Vane la reĝo petis lin resti, eĉ la reĝidino - al kiu la knabo tuj ekplaĉis -, li ne restis.
Li diris: mi devas retrovi tiun ĉi oran sagon eĉ el la fundo[227] de la tero.
Nu, bone. La reĝidino donis al li manĝpakon kaj li ekiris por la ora sago.
Li iris, vagadis tra sepdek sep landoj, kaj ĝuste kiam li estis de la limo de la sepdek sepa lando, li renkontiĝis kun koĉero, kiu havis sagon en la frunto.[228]
Li rigardis, kaj jen, ĝi estis lia sago.
Li demandis la koĉeron:
- Amiko mia, kial vi portas en la frunto tiun ĉi sagon?
- Mi ne portus ĝin - respondis la koĉero
-, se mi povus eltiri[229] ĝin. Sed ĝis nun ne estis homo por eltiri.

227) fund-o 밑바닥; 속; 배경, 원경(遠景);(직물의) 소지(素地); 토대, 근본, 기초
228) frunt-o 이마(額)
229) eltiri<他>뽑다, 이끌어 내다, 뽑아내다, 짜내다, 채굴(採掘)하다, 채취하다.

-소년아, 너는 정말 용감한 사람이구나, 이제 내 아들이다.
 왕은 말했다.
 -나는 내 약속대로 자네에게 내 딸과 이 나라의 절반을 주겠다.
 -성은이 망극하옵니다. 하지만,
 그 소년은 대답하고 말을 이었다.
 -저는 제 그 황금 화살을 되찾을 때까지 결혼하지 않을 겁니다.
 왕이 소년에게 왕궁에 남기를 원해도, 또 더욱 공주도 그 소년이 즉시 마음에 들었지만, 그는 남지 않았다. 그는 말했다.
 -그 화살을 이 땅 밑에까지 가서라도 꼭 찾아오겠습니다.
 그래서, 소년의 뜻을 꺾지 못한 공주는 그에게 도시락을 싸주었단다.
 소년은 황금 화살을 찾으러 출발했단다.
 그는 걸어, 걸어, 일흔일곱 나라를 돌아다니고, 그가 그 일흔일곱째 나라의 국경에 들어섰을 때, 그는 이마에 화살이 꽂힌 어떤 마부를 만나게 되었다. 그는 이를 보고, 그게 자신이 던진 화살임을 알게 되었다. 그래서 그는 그 마부에게 물었다:
 -이보게, 친구여, 왜 이마에 화살을 지니고 있나요?
 -내가 이걸 뺄 수 있다면, 나는 그걸 빼놓고 다니고 싶어요.
그 마부가 말을 이어갔다.
 -하지만 지금까지 이걸 빼내 줄 사람을 만나지 못했어요.

- Kion vi pagos, se mi eltiros ĝin?
La koĉero promesis, ke li volonte pagos cent talerojn.
- Mi ne bezonas vian monon - diris la knabo
-, nur instruu al mi ĉion, kion vi scias, ĉar videble vi scias multe.
- Bone - diris la koĉero
-, mi instruos ĉion al vi, kion mi scias, nur eltiru la sagon.
La knabo prenis[230] la sagon kaj eltiris ĝin, kvazaŭ ĝi neniam estus en la frunto.
La koĉero pensis en si: "Nu, atentu! Vi estas tiu fama knabo, kiu ĵetis la sagon en mian frunton, ja mi instruos vin!"
Poste laŭte li diris:
- Venu, mi instruos al vi ĉion, kion mi scias, sed avertas vi antaŭe, mi diras, ke vi ne ellernu[231] pli multe ol estas mia scio, ĉar en tiu kazo finiĝos via vivo.
- En ordo - diris la knabo
-, ni iru.
Ili ekiris duope, kaj atingis grandan arbaron.

230) pren-i < 他> 손에 쥐다, 집다, 잡다, 들다;가지다;택하다,취하다 《teni는 손에 있는 것을 말하고 preni는 손에 없었던 것을 쥐는 것을 말함》;가지고 가다, 데리고 가다; 강점(强占)하다, 탈취하다; 획득하다. 벌다; 받다, 수납하다; 얻다; 채용하다; 접수하다, 받아들이다;처리하다, 대하다, 간주(看做)하다,…로 여기다.
231) lern-i <他> 배우다, 공부하다, 학습(學習)하다 ; 체득(體得)하다. ellerni, tutlerni, finlerni 다 배우다.

-내가 그 화살을 빼내 주면, 당신은 뭘로 나에게 보상해 주겠어요?

그 마부는 기꺼이 은화 100탈레르[232]를 내겠다고 약속했다.

소년은 말했다.

-나는 그만큼 많이 당신 돈이 필요하지 않아요. 대신, 당신이 알고 있는 바를 내게 가르쳐 주세요. 필시 당신은 알고 있는 게 많은 사람으로 보이니.

-좋아요. 내가 알고 있는 바를 모두 알려 주겠어요. 만일 당신이 이 화살을 빼내 주기만 한다면.

마부가 대답했다.

소년은 그 화살을 잡고는, 이를 마치 이마에 전혀 없었던 것처럼 가볍게 빼냈다.

마부가 스스로 생각을 해 보았다.

'그래, 조심조심해! 네 놈이 내 이마로 화살을 던진 그 바로 그 유명 소년이군. 정말 이제 네놈을 단단히 가르치리라!' 나중에 그는 큰 소리로 말했다.

-이리 와요. 내가 아는 바를 모두 당신에게 가르쳐 주겠어요. 하지만, 당신이 주의해야 할 것은 당신이 내가 아는 것 이상으로 더 많이 배우면 안 돼요. 그 경우 당신의 삶은 끝나게 된다는 점을 꼭 기억하세요.

-그리 하겠어요, 우리가 함께 가 봅시다.

그 소년은 말했다.

그들은 둘이서 걸어가기 시작하여, 어느 큰 숲에 다다랐다.

---

232) *역주: 헝가리 화폐단위

En la arbaro estis tri staploj[233] da ligno, unu apud la alia.

La koĉero diris:

- Sidiĝu sur la supron de unu el ili!

La knabo sidiĝis, kaj la koĉero ekbruligis la lignon sub li. La arboj finbrulis tiel, ke lia vesto eĉ ne bruletis.

- Nu, ĉu vi scias tiom, kiom mi? - demandis la koĉero.

- Tute ne, tute ne! - respondis la knabo.

La koĉero sidigis lin sur la duan kaj same bruligis ĝin. Sed tiu eĉ fumon[234] ne havis, kiam ĝi brulis.

Li sidigis la knabon sur la trian staplon, kaj same bruligis ĝin. Ĝi havis nek fumon, nek fajron. Denove li demandis la knabon:

- Nu, ĉu vi scias tiom, kiom mi?

- Mi? Duoble pli mi scias! - respondis la knabo.

Estis tie rivereto. La knabo transkapiĝis kaj fariĝis el li fiŝeto.

Li saltis en la rivereton kaj gaje naĝis. Ek! ankaŭ la koĉero transkapiĝis, fariĝis fiŝego kaj naĝis post la fiŝeton.

---

233) stapl-o 포갬(疊), 무더기, 첩첩이 쌓인 것(편편한 물건)(staplo da libroj, teleroj 무더기의 책,접시); 보관(保管)창고, 화물두는 곳; 섬유지); 원료

234) fum-o 연기, 내; 김; 허망한 일 fumi<自> 연기나다;<타> 담배피우다. fumiĝi 연기나다.

그 숲에는 세 무더기의 땔감이 서로 붙어 있었다.
그 마부가 말했다.
-저 셋 중 가장 높은 무더기로 앉아 봐요.
소년은 그렇게 앉자, 마부는 그가 앉은 아래쪽에 불을 붙였다. 그 나무 무더기가 그렇게 타올라 가니, 소년의 옷자락에 불이 붙기 일보 직전이었다.
그때 마부가 물었다.
-그래, 당신은 내가 아는 만큼 아는가요?
-전혀요, 전혀!
소년은 답했다.
마부는 그를 둘째 더미 위에 앉히고는 똑같이 불을 질렀다. 그러나 그것은 불이 타면서도 연기를 내뿜지 않았다. 그는 그 소년을 셋째 덤불로 가서 앉게 하고는, 마찬가지로 그것을 태웠다. 그 땔감은 연기도 보이지 않고 불도 보이지 없었다.
다시 그가 그 소년에게 물었다.
-그래, 이제는 내가 아는 만큼 당신은 아나요?
-내가요? 나는 당신보다 2배나 더 알고 있네요.
소년은 대답했다.
그 둘은 여행을 계속하다 샛강이 하나 있는 곳에 다다랐다.
소년은 자신을 작은 물고기로 변신했다.
그는 샛강의 물속으로 뛰어들어, 유쾌하게 수영했다. 출발!
마부도 자신을 변신해 큰 물고기가 되어 그 작은 물고기를 따라 수영했다.

Sed la rivereto estis malgranda kaj li ne povis naĝi tiel rapide, kiel la fiŝeto.

Sed subite la rivereto eniris lagon. Tie jam la fiseĝo povis pli bone naĝi.

Feliĉe, kiam la fiŝego atingis la fiŝeton, tiu jam estis sur la transa bordo, subite li elsaltis el la lago, transkapiĝis kaj fariĝis fianĉringo.

Ĝuste tie promenis la reĝidino. ŝi prenis la ringon[235] kaj metis ĝin sur sian fingron.

La ringo ekparolis:

- Reĝidina moŝto! Baldaŭ el la lago elsaltos fiŝego, kaj fariĝos bela riĉa junulo! Li petos vin per dolĉaj vortoj, ke vi donu al li la ringon, sed vi diru: mi ne donos ĝin, ĝis vi faris super la lago oran ponton,[236] kian ankoraŭ ne vidis homaj okuloj.

Tiel estis, kiel diris la ringo.

El la lago saltis fiŝego, ĝi fariĝis bela knabo, kaj petis la ringon per dolĉaj, mielaj vortoj.

Sed la reĝidino diris:

- Volonte mi donos ĝin al vi, se super tiu lago vi faros tian oran ponton, kian homaj okuloj ankoraŭ ne vidis.

235) ring-o 반지, 가락지; 고리(環); 바퀴; 둥근물건; 고리같은 물건; <機> 링.

236) pont-o 다리(橋), 교량(橋梁) ; <齒科> 치교(齒橋) ; (현악기의) 기러기발. ponteto 보교(步橋), 인도교;<海,空> 트랩. pontkapo <軍> 교두보(橋頭堡), 다리목.

그러나 그 샛강은 작았기에, 그 큰 물고기는 그 작은 물고기만큼 빨리 수영하지는 못했다. 그런데 갑자기 그 둘은 샛강이 호수와 맞닿은 길목에 다다랐다. 그 호수에서는 큰 물고기가 수영을 더 잘 하였다. 다행스럽게도 그 큰 물고기가 그 작은 고기를 따라잡았는데, 이미 그 작은 고기는 호수 저편에 가 있었다. 갑자기 그 작은 물고기가 그 호숫가에서 뛰어올라, 자신의 몸을 변신해 약혼반지로 변했단다. 바로 그곳에 공주가 산책하고 있었단다. 그 공주가 반지를 집어 들어, 자신의 손가락에 끼워 보았다.

그랬더니 이번에는 반지가 말을 시작했단다:

-공주님, 공주님! 곧 이 호수에서 큰 물고기 한 마리가 뛰어오를 겁니다. 그리고 그게 아름다운 부자 청년으로 변할 겁니다! 그가 공주님께 달콤한 말로 그 반지를 자신에게 달라고 요청할 겁니다만, 공주님은 이렇게만 말하세요. "당신이 저 호수 위로, 아직 사람들이 한 번도 본 적이 없는 황금 다리를 만들어 줄 때까지는 이 반지를 줄 수 없다" 고만 하세요.

그 반지가 말한 대로 그렇게 되었다.

호수에서 큰 물고기 한 마리가 뛰어오르자, 그 물고기는 아름다운 청년으로 변신하고는, 아주 달콤하고 꿀 같은 말로 그 반지를 달라고 요청했다.

하지만 그 공주는 말했다.

-내가 기꺼이 당신에게 이 반지를 드릴 수 있지만, 먼저 저 호수 위로 지금까지 보지 못한 금빛 다리를 하나 만들어 주세요.

La reĝidino iris hejmen, kaj kiam ŝi eniris sian ĉambron, vastiĝis la ringo sur ŝia fingro, falis al la tero kaj fariĝis eĉ pli bela junulo ol la antaŭa.

Li diris:

- Reĝidina moŝto, tiu alia junulo morgaŭ venos por la ringo. Bonvolu fari al mi la komplezon[237] ĵeti la ringon sur la teron, kiam vi ĝin transdonos.

La reĝidino eĉ ne povis ekparoli, la junulo jam transkapiĝis kaj denove fariĝis ringo. La reĝidino metis ĝin sur sian fingron.

La sekvan tagon la reĝidino rigardis tra la fenestro kaj jen, ŝiaj okuloj vibris pro la granda brilo: la ora ponto estis super la lago. Kaj venis ankaŭ la riĉa junulo peti la ringon. La reĝidino tuj deprenis ĝin de la fingro, sed kiam ŝi volis transdoni ĝin, ŝi ĵetis ĝin sur la teron kaj tiu - aŭdu la miraklon! - tuj fariĝis etaj kaĉ-eroj.

La riĉa junulo tuj transkapiĝis, fariĝis koko kaj komencis kolekti la erojn.

En tiu momento el unu kaĉ-ero fariĝis eta skarabo, tiu skarabo surgrimpis la muron kaj tie ĝi sidiĝis sur pafilon. La koko tion ne rimarkis kaj kiam ĝi kolektis la kaĉ-erojn, frapante la flugilojn ĝi kriis:

237) komplez-o 호의(好意), 후의(厚意), 친절(親切), 은혜(恩惠).
komplezi <自> 은혜를 베풀다, (소원을) 들어주다, 고맙게 여기게 하다, 호의를 베풀다. kompleze 친절히, 정중하게. komplezema 친절한. sin komplezi 자기만족하다 그 말을 한 공주는 왕궁으로 갔고, 그녀가 자기 방에 들어섰을 때, 그녀 손에 꽉 끼어있던 반지가 헐렁하게 넓혀져, 땅에 떨어지더니, 앞서 본 청년보다 더욱 아름다운 청년으로 변하는 것이 아닌가.

그 청년이 말했다.

-공주님, 공주님, 앞서 만난 그 청년이 내일 이 반지 찾으러 올 겁니다. 당신이 그것을 전해 줄 때, 즐거이 그 반지를 이 땅바닥으로 내던져 버리기만 하세요.

공주가 말도 꺼내지 못하는 사이에, 그 청년은 이미 자신을 변신해 다시 반지가 되었다. 공주는 그것을 자신의 손가락에 다시 끼웠단다.

다음 날, 공주가 창밖을 보니, 이제, 그녀의 두 눈은 크게 반짝였다.

황금 다리가 그 호수 위로 빛나고 있었다.

그로 인해 그 공주는 어찌할 바를 몰랐다. 그러자 곧 어제의 그 부자 청년이 반지를 요청하러 왔다.

공주가 약속대로 손가락에서 그 반지를 빼내 그것을 전해 주려다가, 그만 그것을 땅에 내던져 버리자, 그때 그게, -자, 들어 봐요, 기적이 일어났어요! - 곧 아주 작은, 먹기 좋은 팥죽으로 변해버렸다.

그러자 그 부유한 청년은 자신을 변신해 곧장 수탉이 되어, 그 팥죽을 조금씩 파먹기 시작했다.

그 순간 팥죽 중 한 무더기가 작은 풍뎅이로 변하더니, 그 풍뎅이가 벽에 기어올라, 벽에 걸린 사냥 총 위로 앉게 되었다. 수탉은 그런 줄도 모른 채, 팥죽만 계속 먹으면서, 자신의 날개를 펼치면서 소리쳤다.

- Nu, vi, sag-serĉanta knabo, vi volis scii pli multe ol mi, sed nun vi estas en mia kropo.
Liberiĝu, se vi povas!
La skarabeto[238] atendis ĝuste tion. ĝi pafis kaj tiel trafis la kokon, ke ĝi ne plu kriis.
Tiam rapidege ĝi fariĝis same koko kaj frapante la flugilojn kriis:
- Kokeriki,[239] koĉero de fereĝo! Mi sciis pli ol vi, ĉar alie vi estus mortiginta min.
Kaj li denove fariĝis junulo.
Li dankis pro la bonkoreco la reĝidinon kaj reiris al sia fianĉino.
Hej, estis granda ĝojo!
Ili faris edziĝfeston en sep landoj, kaj la ĝojo estis tiel granda en la lando, ke dum sep jaroj estis videbla nek unu malgaja homo.
Nur unu plorantan infaneton mi vidis.
Li ploris nur pro tio, ĉar koko ŝtelis el lia mano la papavan[240] kukon.
Kiu ne kredas, do kontrolu ĉion.

---

238) skarab-o <蟲> 장수풍뎅이, 갑충(=koleoptero); 말똥구리.
239) kokerik-o 수탉 울음소리. kokeriki <自> 수탉이 울다.
240) papav-o <植> 앵속(罌粟)과의 무리≪속명 양귀비≫

-화살을 찾는 소년아, 너는 내가 알고 있는 것보다 이제 더 많이 알고 있구나. 하지만 넌 지금 내 모이주머니 안에 있지. 네가 할 수 있다면, 자유를 찾아 가보게!

작은 풍뎅이는 바로 그 순간을 기다렸다. 그 작은 풍뎅이는 자신이 앉아 있는 곳의 사냥 총으로 그 수탉을 쏘아 맞히니, 수탉은 더는 소리도 지르지 못하였단다.

바로 그때 재빨리 그 작은 풍뎅이가 다시 수탉으로 변신하였단다. 그리고는 자신의 날개를 파닥거리면서 외쳤단다.

-꼬꼬댁, 꼬꼬댁, 요정 나라의 마부야! 나는 너보다 더 많이 알아, 왜냐하면 그렇지 않으면 너는 이미 나를 죽였겠지.

그러고는 그 수탉은 다시 청년으로 바뀌었다. 그는 그 선의의 마음씨를 가진 공주에게 고마움을 표하고는, 자신의 약혼녀인 공주에게 되돌아 갔다네.

아하, 이 얼마나 기쁜 일인가!

공주와 그 청년은 일곱 나라에서 결혼 축하연을 열어, 그 기쁨은 그 나라에 정말 커, 일곱 해 동안 유쾌하지 않은 사람은 하나도 볼 수 없었다. 다만 나는 우는 아이 하나만 보았네. 그 아이가 자신의 손에 든 그 양귀비 과자를 수탉이 훔쳐가 버려 그 자리서 울고 있네. 믿지 못할 일인 것 같으면, 모두 한 번 확인해 보세요.

PRI LA AŬTORO

ELEK BENEDEK estis hungara verkisto kaj publicisto naskiĝinta la 30-an de septembro 1859 en Kisbacon, Hungario kaj mortinta la 17-an de aŭgusto 1929 en Băţanii Mici, Rumanio. Li estis la patro de verkisto Marcell Benedek, avo de literaturhistoriisto Dénes Lengyel.

Elek Benedek lernis en Székelyudvarhely kaj Budapeŝto. Li estis ankoraŭ studento, kiam eldonis sian unuan folklorajn kolektaĵojn. Li estis kunlaborinto kaj fondinto de pli multaj ĵurnaloj kaj revuoj (Budapesti Hírlap, Ország-Világ, Az Én Újságom, Magyar Világ, Magyar Kritika, Magyarság, Néptanítók Lapja). En 1921 li loksidiĝis en sia naskiĝvilaĝo kaj surprenis grandan taskon por organizi la hungaran kulturan kaj literaturan vivon en Transilvanio. Li redaktis la plej altnivelan infanrevuon de la tiama epoko sub titolo Cimbora (Bonkunulo). Lia ĉefverko estas la kvinvoluma Magyar mese- és mondavilág (Hungara fabel- kaj legendmondo) (1894-1896). Ekde 2005 la naskiĝtago de la verkisto en Hungario estas la Tago de Popolfabelo. Li estis membro de Societo Kisfaludy. (위키페디아에서. https://eo.wikipedia.org/wiki/Elek_Benedek).

작가 소개

엘렉 베네데크(ELEK BENEDEK: 1859~1929).

헝가리 동화작가.
헝가리 키스바콘(트란실바니아)에서 태어나, 부다페스트에서 학업을 했고, 루마니아 브차니 미치에서 생을 마쳤다. 그의 가문은 대대로 문학에 이바지했다. 그의 아들이 작가 마르셀 베네데크Marcell Benedek, 손자가 문학사가 데네스 렌기엘Dénes Lengyel이다.
작가는 대학 시절에 자신이 수집한 동화를 발표한 이후, 수많은 잡지나 신문의 협력자이자 창립자이기도 하다. 1887년 ~ 1892년 부다페스트에서 헝가리 국회의원이기도 했다.
1921년부터는 자신의 고향 키스바콘에 살면서, 트란실바니아의 헝가리 문화와 문학 활동을 조직하며 연구하여 책을 발간했다. 고향에서 그는 유명 어린이잡지 <Cimbora>(**착한 어깨동무**) 편집장으로 오래 일했다. **1894 ~ 1896년에 발간된 『헝가리 동화전집』(5권)이 그의 대표작이다.** 그는 『아라비안나이트』, 『그림동화집』을 헝가리어로 번역하기도 했다.
2005년부터 그의 탄신일 9월 30일을 '헝가리 동화의 날'로 기념하고 있다.

옮긴이의 말

국제어 에스페란토 창안자 폴란드 자멘호프(L. L. Zamenhof: 1859~1917) 박사와 같은 해 태어난 헝가리 동화의 아버지 **엘렉 베네데크**(ELEK BENEDEK: 1859~1929)가 쓴 동화를 읽으면서 무슨 생각이 드시나요, 여러분은?
저는 헝가리 에스페란토협회(HUNGARA ESPERANTO -ASOCIO, BUDAPEST) 홈페이지를 열람하다가 이 동화에 대한 자료를 알게 되었습니다. 이 동화집은 1979년 헝가리 에스페란토협회가 발간했습니다.
그 자료의 텍스트는 이 홈페이지에 들어 있습니다. http://miresperanto.com/por_infanoj/hungaraj_fabeloj/10.htm). 헝가리 에스페란티스토인 작가 율리오 바기에 관한 작품들을 읽고, 또 이스트반 네메레 소설가의 작품을 읽다가, 이 홈페이지까지 왔으니, 그 두 분이 만들어 준 행운 아니었을까요?
어릴 때 독자나 저나 옛이야기를 들어 왔을 겁니다. 이 엘렉 베네테크의 작품에도 우리가 늘 들어오던 늑대, 여우, 비둘기, 도깨비, 왕자, 공주, 왕, 하인, 요술 등 수많은 인물이 등장합니다.
동서양을 막론하고 옛이야기는 결국 우리의 삶에서 선함이 악을 이긴다고, 뭔가 용기를 갖고 지혜를 찾으면, 아무리 어려운 삶이라도 그 안에 이를 해결하고 살아갈 방법이 생긴다는 진리를 이야기 하고 있습니다.

제법 긴 헝가리 동화를 읽고 나면, 우리의 전래동화와는 어떤 차이나 어떤 공통성이 있나요? 여러분이 읽고 나서 자녀나 손자녀에게 이 동화를 한 번 들려주시면, 그 아이들도 상상의 나래를 펴지 않겠어요?
13세기 페르시아 시인 루미가 이 글의 말미에 떠올랐습니다. 그의 시 중 <과수원>이 있습니다.

봄의 과수원으로 오세요.
꽃이 있고 양초도 있고 포도주도 있으니.
만일 그대가 안 온다면,
이것들은 아무 소용이 없으니,
만일 그대가 온다면,
이것들도 아무 소용이 없을지니.

이 헝가리 동화도 제게 동화를 들려주는 '봄의 과수원'이 되었으면 합니다. 그 과수원에는 꽃도 양초도, 포도주도 있으니, 독자인 그대가 와서 이 작품을 읽으면 좋고, 그대 오지 않으면, 그래도 언젠가는 오게 될 꽃이 피어있는 '동화 속의 과수원'이니까요.

우리 어른들이 할 수 있는 것은 아이들에게 꿈과 희망을 만들어 주고, 이를 바탕으로 세상을 살아갈 지혜를 스스로 찾도록 하는 것입니다. 그래서 그들이 나중에 전설이 되어, 또한 새 이야기를 만들어 가기를 기대합니다. (에스페란토에서 번역했음을 알려 드립니다.)

부산에서 옮긴이 장정렬.

옮긴이 소개
- 장정렬 (Ombro, 1961~)

경남 창원 출생. 부산대학교 공과대학 기계공학과와 한국외국어대학교 경영대학원 통상학과를 졸업했다. 한국에스페란토협회 교육이사, 에스페란토 잡지 La Espero el Koreujo, TERanO, TERanidO 편집위원, 한국에스페란토청년회 회장 등을 역임했고 에스페란토어 작가협회 회원으로 초대되었다. 현재 한국에스페란토협회 부산지부 회보 TERanidO의 편집장이며 거제대학교 초빙교수를 거쳐 동부산대학교 외래 교수다. 국제어 에스페란토 전문번역가로 활동 중이다. 역서로 『봄 속의 가을』, 『산촌』, 『꼬마 구두장이 흘라피치』, 『마르타』 등이 있다. suflora@hanmail.net

-역자의 번역 작품 목록

-한국어로 번역한 도서

『초급에스페란토』 (티보르 세켈리 등 공저, 한국에스페란토청년회, 도서출판 지평),
『가을 속의 봄』 (율리오 바기 지음, 갈무리출판사),
『봄 속의 가을』 (바진 지음, 갈무리출판사),
『산촌』 (예쥔젠 지음, 갈무리출판사),
『초록의 마음』 (율리오 바기 지음, 갈무리출판사),
『정글의 아들 쿠메와와』 (티보르 세켈리 지음, 실천문학사)

『세계민족시집』(티보르 세켈리 등 공저, 실천문학사),
『꼬마 구두장이 흘라피치』(이봐나 브를리치 마주라니치 지음, 산지니출판사)
『마르타』(엘리자 오제슈코바 지음, 산지니출판사)
『국제어 에스페란토』(D-ro Esperanto 지음, 이영구 /장정렬 옮김, 진달래 출판사)
『사랑이 흐르는 곳, 그곳이 나의 조국』(정사섭 지음, 문민)(공역)
『바벨탑에 도전한 사나이』(르네 쌍타씨, 앙리 마쏭 공저, 한국외국어대학교 출판부) (공역)
『에로센코 전집(1-3)』(부산에스페란토문화원 발간)
『에스페란토 고전단편 소설선(1-2)』(부산에스페란토문화원 발간)

-에스페란토로 번역한 도서
『비밀의 화원』(고은주 지음, 한국에스페란토협회 기관지)
『벌판 위의 빈집』(신경숙 지음, 한국에스페란토협회)
『님의 침묵』(한용운 지음, 부산에스페란토문화원)
『하늘과 바람과 별과 시』(윤동주 지음, 도서출판 삼아)
『언니의 폐경』(김훈 지음, 한국에스페란토협회)
『미래를 여는 역사』(한중일 공동 역사교과서, 한중일 에스페란토협회 공동발간) (공역)

www.lernu.net의 한국어 번역
www.cursodeesperanto.com,br의 한국어 번역
Pasporto al la Tuta Mondo(학습교재 CD 번역)
https://youtu.be/rOfbbEax5cA (25편의 세계 에스페란토 고전 단편소설 소개 강연 : 2021.9.29. 한국에스페란토협회 초청특강)